01.07.20
D1857219

Knaus

K

Rachel Seiffert

FELDSTUDIEN

Aus dem Englischen von
Barbara Heller

Albrecht Knaus

Titel der Originalausgabe: Field Study
Originalverlag: William Heinemann, London

Die Arbeit der Übersetzerin am vorliegenden Text wurde vom Deutschen Übersetzerfonds gefördert.

Umwelthinweis:
Dieses Buch und sein Schutzumschlag wurden auf chlorfrei gebleichtem Papier gedruckt. Die vor Verschmutzung schützende Einschrumpffolie ist aus umweltschonender und recyclingfähiger PE-Folie.

1. Auflage
Copyright © 2004 by Pfefferberg Ltd.
Copyright © der deutschsprachigen Ausgabe 2004 by Albrecht Knaus Verlag, München, in der Verlagsgruppe Random House GmbH
Umschlaggestaltung: Design Team München
Gesetzt aus 10.2/15.2 pt. Berling
Satz: Filmsatz Schröter, München
Druck und Bindung: GGP Media, Pößneck
Printed in Germany
ISBN 3-8135-0234-1
www.knaus-verlag.de

Für Michael und Finlay

FELDSTUDIE

Sommer, und der dritte Tag von Martins Feldstudie. Morgen, und er parkt neben dem Weg, blickt über das Roggenfeld, das er gleich durchqueren wird, um an den Fluss zu gelangen. Seit zwei Tagen ist er allein, sammelt seine Schlick- und Wasserproben, doch heute nicht.

Ein Junge ruft in dem Feld, singt. Seine junge Mutter trägt ihn huckepack durch den Roggen. Martin hört ihre Stimmen, schwach durch das offene Autofenster. Er bleibt sitzen. Wartet, bis sie vorbei sind.

Die Beine der Frau sind von den hohen Halmen verdeckt, die Beine des Jungen sind dünn. Er ist zu groß, als dass man ihn noch bequem tragen könnte, und Mutter und Sohn kichern, während die junge Frau sich durch den Roggen kämpft. Der Junge trägt zu große Turnschuhe, riesig und weiß; schwer hängen sie an den Seiten seiner Mutter herab. Streifen die Ähren, baumeln gegen ihre Schenkel, als sie ein paar schwankende Schritte rennt. Schwingen dann weit hinaus, als sie sich im Kreis dreht: wirbelnd, taumelnd, immer rundherum. Zweimal, dreimal, viermal, lachend, schlingernd, und der Junge auf ihrem Rücken kreischt vor Vergnügen.

Sie fallen hin, und Martin sieht sie nicht mehr. Nur noch den Roggen und die Baumwipfel dahinter: wo das Feld abfällt und der Fluss zu seinem weiten Bogen um die

Stadt ansetzt. Seit drei Tagen ist Martin hier. Nur noch vier Tage, um das Gebiet vollends zu erfassen, genug Daten für seine schon überfällige Semesterarbeit zu sammeln. Die junge Frau und ihr Kind sind weg. Martin steigt aus, nimmt seine Taschen und schließt den Wagen ab.

Der Fluss entspringt in den hohen Bergen, die Martin nicht sehen kann, die aber, wie er weiß, genau südlich von seinem Standort liegen. Nachdem er die Vorberge mit ihren Kohle- und Industrieanlagen passiert hat, biegt er fast rechtwinklig nach Westen ab, in das ebene Ackerland hier, durchschneidet das flache Tal, auf das sich Martins Untersuchungen für seine Doktorarbeit konzentrieren. Vorbei an der Stadt, in der er zurzeit wohnt, und weiter durch die Provinzhauptstadt, bis er schließlich in den breiten Strom mündet, der die Grenze bildet zwischen Martins Land und dem, in dem er sich momentan befindet. Historisch und wirtschaftlich keine bedeutende Wasserstraße, nicht einmal besonders schön. Aber Anlass zur Sorge: hier und noch mehr in Martins Land. Denn der Fluss verbindet ein Chemiewerk östlich der Grenze mit einem Ballungsgebiet westlich davon.

Martin hat einen Fotoapparat, Notizbücher und Probefläschchen. Einige für Flusswasser, andere für Flussschlick. In der Stadt, in seinem Gasthauszimmer, hat er Chemikalien und ein Mikroskop. Weitere Fläschchen und Schalen. Die Proben der ersten beiden Tage, die noch analysiert werden müssen, einen Laptop, in den er seine Ergebnisse eingibt.

Der dunkle, unregelmäßige Bogen der Bäume ist kilometerweit zu sehen. Markiert den Lauf des Flusses durch die trocken-gelbe Landschaft. Es wird eine frühe, magere Ernte geben dieses Jahr. Dürre, der Wasserstand des Flusses ist niedrig, doch die Bäume an den Ufern sind noch grün, noch dicht belaubt, die Luft darunter feucht.

Am Wasser trinkt Martin den ersten Becher Kaffee aus seiner Thermosflasche. Der Fluss hat steile Ufer, gewundenes Wurzelwerk zieht sich die felsigen Böschungen hinab. Seit Anfang der Woche ist Martin stetig westwärts gewandert, den Fluss entlang, jeden Tag etwa einen Kilometer, mit zwei Kilometer langen Lücken dazwischen. Bisher war das Wasser klar, jetzt aber ist es voll von langen Algenwedeln. Martin breitet eine wasserdichte Unterlage auf dem flachen Felsen aus, reiht Probefläschchen und Löffel auf. Während er den zweiten Becher Kaffee trinkt, beschriftet er die Etiketten, dann zieht er seine langen wasserdichten Handschuhe an. Das Feld schimmert gelblich weiß durch die Zweige, und die Sonne brennt; unter den Bäumen hat Martin es kühl. Beim Zählen, Messen, Schreiben, Fotografieren. Der lange Probenlöffel streift Flusssedimente am Glas der Fläschchen ab.

Später Vormittag und heiß jetzt, auch unter den Bäumen. Der Fluss ist hier so tief, dass man fast darin schwimmen kann. Martin legt zum dritten Mal an diesem Tag Fläschchen, Löffel und Etiketten bereit. Überlegt einen Moment, wie es wäre, sich in die träge Strömung zu legen, in die weichen Algen. Berührt mit den behandschuhten Fingerspitzen die Wasseroberfläche und ruft sich die giftigen Substanzen in Erinnerung, auf die er seine Proben später untersuchen wird. Er krempelt sich die Hosenbeine so hoch, wie es geht, und schlüpft dann in die Wasserstiefel, genießt den kühlen Druck des Wassers gegen das Gummi, gegen seine Haut, als er vorsichtig zur Flussmitte watet. Die Algen wachsen hier besonders dicht, und Martin beschließt, auch von ihnen eine Probe zu nehmen. Mit den Schutzhandschuhen sind sie schwer zu fassen, aber schließlich gelingt es ihm, eine der Pflanzen so aus dem Flussbett zu ziehen, dass das Wurzelwerk weitgehend intakt bleibt. Er steht noch eine Weile da, spürt die Strömung um seine Beine, schaut zu, wie sich die Algenwedel langsam über die entstandene Lücke legen. Weiter vorn kommt unvermittelt eine Stufe, ein kleiner Wasserfall, den Martin gestern Abend auf der Karte entdeckt hat. Das Rauschen ist laut zwischen den dichten grünen Baumreihen. Martin watet weiter, und als er von neuem stehen bleibt, hört er Stimmen, halb Lachen, halb Schreien.

Dichtes Gebüsch wächst über dem Wasserfall, doch Martin kann gerade noch durch das Laub sehen: junge Mutter mit Sohn, in dem vom Wasserfall ausgehöhlten Tümpel badend. Sie sind nahe. Er sieht, wie der Junge den Mund voll Wasser nimmt und die Mutter damit besprüht, während sie in dem kleinen Tümpel umherschwimmt. Sieht den Schlamm zwischen ihren Zehen, als sie heraussteigt und auf dem Felsen am Ufer stehen bleibt. Die langen schwarz-grünen Algen, die an ihren Schenkeln haften. Sie ist nicht nackt, aber ihre Unterwäsche ist hell, rosa-weiß wie ihre Haut, und Martin sieht auch das dunklere Nass von Brustwarzen und Schamhaar. Er macht rasch kehrt und watet ans Ufer zurück, die Algenprobe vorsichtig in den behandschuhten Händen.

Einen Moment bleibt er bei seinen Taschen stehen, dann zieht er die Stiefel aus und seine Schuhe an. Er wird einen Bogen um die beiden machen, einen Umweg über die Felder, sodass sie ihn nicht sehen müssen. Er hat hier ohnehin genug Proben gesammelt. Braucht den Wasserfall und den Tümpel nicht in sein Alle-hundert-Meter-Raster aufzunehmen. Kein Problem.

Zurück im Gasthaus schläft Martin eine Stunde. Durchs offene Fenster ab und an ein Luftzug aus dem kleinen Hinterhof, Brotgeruch aus der Küche. Als er aufwacht, ist die Sonne über das Haus hinweggewandert, und es ist angenehm kühl und dämmrig im Zimmer.

Er arbeitet ein paar Stunden an den Schlick- und Wasserproben des ersten Tages und findet seine Annahme bestätigt. Alles innerhalb normaler Grenzen, bis auf ein bestimmtes Metall, das in weit höherer Konzentration vorhanden ist, als man erwarten würde.

Seine Finger beginnen zu jucken, als er eine Auswahl Proben verpackt, um sie zur nochmaligen Überprüfung an das Universitätslabor zu schicken. Er weiß, dass es psychosomatisch ist, dass er sich stets ausreichend geschützt hat: glaubt auch gar nicht, dass eine Vergiftung mit diesem Metall eine solche Reaktion hervorrufen könnte. Die Wasserpflanze packt er ebenfalls ein, mit der Bitte, ein Stück davon an die Botaniker weiterzuleiten, und eine Fotokopie der Karte, auf der die Entnahmeorte deutlich eingezeichnet sind. Auf der Post fangen seine Lippen und die Haut um seine Nasenflügel an zu brennen, und so gönnt er sich ungeachtet seiner Überlegungen eine zweite Dusche, ehe er zu einem frühen Abendessen in die Gaststube hinuntergeht.

Auf einem der hohen Hocker an der Bar sitzt der Junge vom Fluss und macht Hausaufgaben, die Bedienung, die Martin die Suppe bringt, ist seine Mutter. Sie wünscht Martin guten Appetit, einer der wenigen Sätze, die er in diesem Land versteht, und als er sich mit ein paar bei seinem letzten Besuch aufgeschnappten Worten bedankt, scheint sie sich zu freuen.

Während er isst, beobachtet er ihren Sohn. Denkt an die Flusswasserfontäne, die der Junge auf seine Mutter gerichtet hat, fragt sich, wie viel er geschluckt hat, ob sie regelmäßig dort baden, seit wie vielen Jahren schon. Aber der Junge wirkt gesund, findet er, allenfalls etwas untergewichtig.

Seine Mutter serviert Martin ein Glas Wein zum Hauptgericht, und als er ihr erklären will, dass er keinen Wein bestellt hat, legt sie nur den Finger an den Mund und zwinkert. Auch sie ist dünn, aber sie wirkt kräftig; breite Schultern und Hände, lange Finger, breite Nägel. Sie zieht die Hände hinter den Rücken, und erst jetzt merkt Martin, dass er sie anstarrt. Er senkt den Blick auf seinen Teller, schaut ihr durch die Wimpern nach, als sie zum nächsten Tisch geht. Registriert: *gute Haltung, dichtes Haar.* Doch solche Gifte, überlegt er beim Essen, können sich auch erst nach Jahren bemerkbar machen; zehn oder zwanzig Jahre nichts, im mittleren Alter dann plötzlich Tumoren und Kurzatmigkeit.

Die Frau sitzt bei ihrem Sohn an der Bar, als Martin seine Mahlzeit beendet hat. Sie raucht eine Zigarette und sieht seine Rechenaufgaben durch. Der Junge sieht Martin an, als er zu ihnen geht, lässt seine Turnschuhe gegen die Beine des Barhockers baumeln.

– *Entschuldigung. Eigentlich spreche ich Ihre Sprache kaum. Aber ich wollte Ihnen etwas sagen.*

Die Frau schaut vom Heft ihres Sohnes auf, blinzelt, während Martin spricht. Er hält einen Moment inne, um zu sehen, ob sie versteht, ob sie etwas sagen will, aber nach einem kleinen Lächeln und einem kleinen Stirnrunzeln nickt sie nur und wendet sich ab, wieder ihrem Sohn zu. Erst denkt Martin, sie sprechen über ihn und antworten vielleicht noch, doch die Sekunden verstreichen, und der Junge und seine Mutter reden weiter, und dann weiß Martin nicht mehr, wie lange er schon so dasteht und auf den Hinterkopf der Frau schaut, und er wendet den Blick ab. Sieht sein hohes Abbild im Spiegel hinter der Bar. Eine Hand, *die rechte, nein, die linke,* wandert aufwärts und legt sich auf die breite Stirn, *sonnenverbrannt,* und das rote Haar.

– Was willst du meiner Mutter sagen?

Der Junge spricht Martins Sprache. Er zuckt die Schultern, als Martin ihn ansieht. Martin lässt die Hand wieder sinken

– *Ah, okay. Okay, gut. Kannst du für mich übersetzen?*

Der Junge zuckt erneut die Schultern. Martin nimmt es als ein Ja und beginnt zu erklären. Dass er sie am Vormittag im Fluss hat baden sehen und sie nicht stören wollte, dass er aber am Abend noch einmal darüber nachgedacht hat. Und dann hält er inne, weil der Junge die Stirn runzelt.

– *Soll ich noch mal von vorn anfangen?*

– Du hast meine Mutter beim Baden beobachtet.

– *Nein.*

Der Junge flüstert seiner Mutter etwas zu, und sie errötet, legt dann die Hand auf den Mund und lacht.

– *Nein. Nein, das stimmt nicht.*

Martin schüttelt den Kopf, hebt die Hände, aber es ist laut, das Lachen der Frau in dem stillen Raum, und die beiden anderen Gäste sehen von ihren Tellern auf.

– *Ich habe sie nicht beobachtet. Sag ihr, dass ich sie nicht beobachtet habe. Ich habe Proben aus dem Fluss genommen, das ist alles. Ich bin Wissenschaftler. Und ich finde, ihr solltet wissen, dass das Wasser verunreinigt ist. Der Fluss ist schmutzig, und ihr solltet wirklich nicht darin baden. Das ist alles. Sag das jetzt bitte deiner Mutter.*

Die junge Frau lacht weiter, während Martin spricht, und obwohl er lieber nicht noch einmal in den Spiegel schaut, spürt er doch das Erröten, das seinen Sonnenbrand jucken lässt, das Pulsieren in seinem Hals. Der Junge wirft ihm einen Blick zu, bewegt die Lippen, sagt nichts. Offenbar glaubt er ihm nicht.

– *Ihr könntet krank werden. Der Fluss macht euch krank. Ich fand nur, das müsst ihr wissen. Okay?*

Martin ist jetzt wütend. Auf den argwöhnischen Jungen, seine lachende Mutter. Er zählt das Geld für sein Essen ab, den Wein eingeschlossen. Lässt es auf dem Tisch liegen, ohne Trinkgeld, und geht auf sein Zimmer.

Am nächsten Morgen wird ihm das Frühstück von einem Mann serviert, doch ehe er wieder zum Fluss fährt, kommt die junge Mutter in die Gaststube und schiebt ihren Sohn vor sich her. Sie flüstert leise mit dem Jungen, der mit monotoner Stimme für Martin übersetzt.

– Meine Mutter sagt, dass es ihr Leid tut. Uns beiden tut es Leid. Dass sie Ewa heißt und ich Jacek. Du sollst mir sagen, was mit dem Fluss ist, damit ich es ihr sagen kann.

Martin ist immer noch verärgert, als er am Nachmittag vom Fluss zurückkommt. Glaubt nicht, dass die Frau und ihr Sohn die Verabredung einhalten werden, hat die Proben von Tag zwei und drei noch immer nicht analysiert, hofft halb, dass sie nicht kommen werden. Doch als er nach dem Duschen hinuntergeht, warten sie wie versprochen in der Gaststube auf ihn. Der Junge hilft ihm seine Karten ausbreiten, fragt, ob er den Laptop hochfahren darf. Seine Mutter murmelt etwas, und ihr Sohn seufzt.

– Sie sagt, ich soll bitte sagen. Bitte.

– *Schon okay.*

Martin zeigt ihnen den Verlauf des Flusses von den Bergen bis zur Grenze und den Standort des Chemiewerks knapp hundert Kilometer flussaufwärts. In seinen Unterlagen findet er Abbildungen des Metalls, das er im Fluss nachgewiesen hat, die chemische Struktur und das Zeichen, und er nennt ihnen den gebräuchlichen Namen. Soweit man wisse, könne es im Körper nicht abgebaut werden und lagere sich deshalb ein, meist in der Leber. Nach jedem Satz lässt er den Jungen übersetzen. Zeigt ihnen die Diagramme, die er am Computer erstellt hat. Wartet, während der Junge über die Grammatik stolpert, sieht seine Mutter zuhören, denkt: *Jacek und Ewa*.

– Woher kommen Sie?

Ewa sagt es in Martins Sprache, zeigt auf die Karte. Martin sieht sie an, und Jacek räuspert sich.

– Ich bring es ihr bei.

Martin lächelt. Er zeigt ihnen, wo er studiert, und dann, etwas weiter westlich, wo er geboren ist. Und dann rechnet Jacek aus, wie viele Kilometer es von Martins Universität bis zur Grenze sind und von der Grenze bis zu der Stadt. Martin fragt Ewa

– *Wie alt ist er?*

– Knapp elf.

Er nickt. Denkt, sie muss sehr jung gewesen sein, als sie schwanger wurde.

– *Er ist schon fast zweisprachig.*

Eine Übertreibung, ein dummer Spruch, und in Ewas Augen sieht Martin, dass sie es weiß, aber sie widerspricht ihm nicht.

– In der Schule jetzt. Er ist ein guter Schüler. Und ein guter Lehrer.

Sie lächelt, und Martin ist froh, dass sie gekommen

sind, Ewa und ihr Sohn. Verbannt das Lachen von gestern Abend aus seinen Gedanken. Sieht, dass Ewas Lächeln offen und herzlich ist, sieht die rosa Zunge zwischen ihren Zähnen.

Tag fünf, und Martin ist wieder am Fluss unterwegs. Die heißen Felder sind leer, die Straße ruhig. Der Fluss ist hier breiter, tiefer; Mücken tanzen über dem Wasser.

Vormittag, und Jacek prescht durchs Gebüsch.

– Martin! Da bist du. Hier bin ich.

Martin sieht auf, erschrocken. Er nickt, weiß dann nicht, was er mit dem Jungen reden soll, und arbeitet weiter. Jacek schaut eine Weile zu und zieht dann seine Turnschuhe aus, krempelt die Hosenbeine hoch, nimmt ein Fläschchen.

– *Nein! Nicht ins Wasser gehen.*

– Ich kann dir helfen. Es geht schneller, wenn ich sie dir gebe.

– *Müsstest du nicht in der Schule sein?*

Jacek runzelt die Stirn.

– *Weiß deine Mutter, dass du hier bist?*

– Die sagt nichts.

Martin überlegt einen Moment.

– *Wir wissen noch nicht genug über dieses Metall, verstehst du? Es ist zu riskant.*

Jacek weicht Martins Blick aus, reibt sich die bloßen Knöchel.

– *Ohne Stiefel und Handschuhe kannst du mir nicht richtig helfen, Jacek. Und ich habe nur je ein Paar. Tut mir Leid.*

Eine Stunde später ist der Junge wieder da, mit rosa Gummihandschuhen und zu großen Gummistiefeln mit schmutzverkrusteten Sohlen. Er hält eine Tüte Äpfel hoch.

– Für dich. Von meiner Mutter.

Am Abend ist die Gaststube voll, Ewa hat viel zu tun, und eine andere Bedienung bringt Martin das Essen. Er sitzt an einem Tisch nahe der Bar, wo Jacek wieder Hausaufgaben macht. Neue Vokabeln, und er bittet Martin, seine Aussprache zu korrigieren. Ewa macht auf dem Weg zur Küche einen Umweg an Martins Tisch vorbei.

– Danke.

– *Kein Problem.*

Er kratzt sich seinen Sonnenbrand, hält inne. Kommt sich riesig vor an dem kleinen Tisch, als sie weg ist.

Am Tag sechs bringt Jacek seine Mutter mit. Ewa steht am Ufer, während ihr Sohn Stiefel und Handschuhe anzieht. Mittag schon, und der Himmel ist blau, die Sonne steht hoch. Martin hat Schweißflecke unter den Armen, am Rücken. Er sieht, wie Ewa ihr T-Shirt von der Brust wegzieht und es dann hin und her wedelt, damit kühle Luft an die heiße Haut darunter gelangt. Er sieht gelben Blütenstaub auf ihren Schuhen, ihrem Rocksaum, feuchte Haare an ihren Schläfen.

Sie arbeiten eine Weile, und Jacek stellt Fragen, die Martin beantwortet. Ewa spricht kaum. Sie kauert am Ufer und schaut aufs Wasser. Die Lider gesenkt, die Lippen fest geschlossen, die Arme um die Schienbeine geschlungen. Als Martin sagt, dass es Zeit ist, hundert Meter weiter flussabwärts zu wandern, sagt Jacek, dass er mit will, und Ewa sagt, dass sie nach Hause geht.

Jacek beobachtet Martin, beobachtet seine Mutter, als sie durch das hohe Gras zur Straße zurückwatet.

– Sie ist mit meinem Tata immer zum Schwimmen hierher gekommen, glaube ich.

– *Deinem Vater?*

Martin versucht sich zu erinnern, ob sie einen Ehering trägt. Sieht Ewas kräftige Hände vor sich, ihre langen Finger.

– Er ist in deinem Land.

– *Ja?*

– Illegal. Zu viele Probleme an der Grenze, deshalb kommt er nicht.

Martin betrachtet Jacek, als sie die Taschen wieder auspacken. Blond mit Sommersprossen. Schmale Lippen, helle Augen, breite Nase. Ein hübscher Junge, aber seiner Mutter ganz unähnlich.

Tag sieben, und Martin geht nicht an den Fluss. Nach dem Frühstück fährt er seinen Computer hoch, lädt eine neue Diagrammschablone und fügt die Daten von Tag zwei und drei ein. Beide stimmen mit der Grafik von Tag eins, mit Martins Prognosen überein, und er beginnt eine Gliederung für seine Ausarbeitung zu skizzieren, schreibt den ersten Entwurf einer Zusammenfassung. Die Testergebnisse der Proben hätten gestern von der Universität zurückkommen müssen, zusammen mit den Sedimenten und der Wasserpflanze von Tag vier, das hätte Martins Analyse beschleunigt. Am Vormittag geht er noch einmal in das kleine Büro hinunter, um zu sehen, ob ein Fax gekommen ist, doch es ist still im Haus, die Gaststube verschlossen, die Rezeption verwaist. Sonntag. Im Labor wird also auch niemand sein, aber Martin geht trotzdem zu den Telefonzellen am Stadtplatz.

Jacek hämmert an die Scheibe.

– Wo warst du?

– *Moment.*

Martin hebt den Finger, doch das Telefon am anderen Ende klingelt weiter. Während er auf den Anrufbeantworter spricht, zieht Jacek die rosa Gummihandschuhe aus. Der Junge legt die hohlen Hände an die Augen, drückt sie gegen das Glas, schaut zu Martin herein. Es ist stickig in der Zelle, und Jaceks Hände hinterlassen Schweißspuren.

Als Martin die Tür öffnet, hat Jacek die Fäuste in die Seiten gestemmt. Die Gummistiefel neben ihm auf den Pflastersteinen.

– Warum bist du nicht gekommen?

– *Ich bin fertig. Ich muss nur noch ein paar Tests machen.*

– Ach so.

Jacek nimmt seine Stiefel und beginnt im Gleichschritt neben Martin herzugehen. Die Sonne sticht, und sie bleiben auf der Schattenseite der schmalen Straße, die zum Gasthaus führt.

– *Ich fahre morgen nach Hause.*

– Morgen?

Jacek sieht kurz zu Martin auf, macht dann auf dem Absatz kehrt und rennt weg.

Am Nachmittag schläft Martin und wird vom Mann der Wirtin geweckt, der ihm etwas auszurichten hat.

– *Von der Universität?*

– Nein, von der Schwester meiner Frau.

Martin sieht den Mann an. Augen blicklos, Gesicht feucht von Hitze und Schlaf.

– Von Ewa. Jaceks Mutter. Sie arbeitet hier. Meine Schwägerin.

– *Ah, so. Ja, sorry.*

– Sie sollen zu ihr kommen. Sie kocht heute Abend für Sie. Zum Dank.

Martin duscht und setzt sich wieder an den Computer, merkt aber, dass er nicht arbeiten kann. Schaut stattdessen den Vögeln zu, die in einer Pfütze auf dem Flachdach des Hauses gegenüber baden. Der Beton ist bemoost, und Martin fragt sich, woher das Wasser kommt. Er ist seit einer Woche hier, es waren die ganze Zeit dreißig Grad, und es hat kein einziges Mal geregnet. Sein Rücken ist wieder feucht, seine Achselhöhlen auch, er hat nichts Frisches mehr anzuziehen für heute Abend, und so nimmt er ein T-Shirt und geht den Flur hinunter, wäscht es im Badezimmer und breitet es auf seinem Fensterbrett zum Trocknen aus.

Es ist noch ein wenig feucht, als er zu Ewa geht. Weinflasche von der Gasthausbar unterm Arm, Landkarte und

Zettel mit der Adresse, vom Mann der Wirtin. Ein schwacher Wind weht, und das T-Shirt ist kühl an seiner Haut. Im Vorbeigehen sieht er sein Spiegelbild im Schaufenster der Bäckerei, streicht sich die Haare etwas tiefer in die Stirn, als er um die Ecke biegt. Eine unwillkürliche Geste, die hoffentlich niemand gesehen hat.

Jacek macht auf.

– Du kommst zu früh!

– *Tut mir Leid.*

Er führt Martin die Treppe hinauf, immer zwei Stufen auf einmal, Kartons mit Zigaretten und Backmischung an der Wand hoch aufgestapelt. Der schmale Flur von Ewas Wohnung ist ähnlich voll gestellt: Wegwerfwindeln, Thunfisch, Zahnbürsten in verschiedenen Farben; rosa, grün, gelb. Jacek sieht Martins Blick auf die Kartons.

– Unser Vermieter. Er lagert die Sachen hier, und wir zahlen nicht so viel. Jede Woche kommt etwas Neues, das er dann verkauft.

Ein Tisch steht in der Mitte des Zimmers, ein Kleiderschrank in der Ecke. Matratze an die Wand gelehnt, mit einem Laken verhüllt. Das Fenster ist offen, das Radio an. Martin kennt den Song, ein aktueller Hit, versteht aber nicht, was der Sprecher danach sagt. Er geht in die Küche, wo Ewa Gemüse schneidet und Jacek rührt.

– *Kann ich helfen?*

– Nein!

Ewa schenkt ihm ein Glas Wein ein und schiebt ihn ins Schlaf-Esszimmer zurück.

– Fünf Minuten.

Der Wind weht vom Fluss her in die Stadt, und Martin hört Kirchenglocken zur Abendandacht rufen.

Sie essen, Martin und Ewa lächeln und nicken, Jacek konzentriert sich auf sein Essen, lässt sich von der Stille nicht stören.

– Jacek, fragst du bitte deine Mutter, ob sie mir ein bisschen von der Stadt erzählt?

Der Junge schaut auf, und Martin schluckt.

– Ich weiß so wenig. Ich wüsste gern mehr.

Das stimmt nicht. Er weiß bereits, was sie ihm erzählt, was der Junge für sie übersetzt, von den neun Kirchen, vom Widerstand und der Besetzung während des Krieges, der fehlgeschlagenen Kollektivierung der Obstbaubetriebe während der kommunistischen Ära.

– Es gab eine Marmeladenfabrik hier, als sie so alt war wie ich. Alle haben dort gearbeitet, oder sie waren Bauern. Aprikosen, Birnen, Äpfel und diese Kleinen, ich weiß nicht, wie die heißen. Beeren?

Martin fragt nach den Jahren des Kommunismus.

– Wie es war, als es hier nichts zu essen gab und die Leute unglücklich waren, wollen Sie wissen, ja?

Martin reibt sich seinen Sonnenbrand, und Ewa gibt ihrem Sohn einen Klaps auf die Hände.

– Jacek! Entschuldigung. Ich hab ihn nicht verstanden, aber ich hab gemerkt, dass er frech war. Du übersetzt nur, ja? Ja?

Ewa zeigt mit dem Finger auf ihren Sohn und schenkt dann Wein nach, schlägt vor, für Martin Tee zu kochen.

– Wie wir ihn hier trinken.

Jaceks Übersetzung kommt mürrisch, schläfrig. Schwarz, im Glas, sodass man die Blätter darin schwimmen sieht. Kochendes Wasser, heißes Glas ohne Henkel, die Fingerkuppen werden glatt und hart vom Halten. Martin schaut auf seine Fingerspitzen, Ewa lächelt.

– *Ich wusste gar nicht, dass das Gasthaus Ihrer Schwester gehört.*

– Ja.

Ewa lächelt, Jacek gähnt.

– Sie gibt meiner Mutter Arbeit.

– *Und ihr Mann?*

– Tadeusz?

– Onkel Tadeusz arbeitet nicht.

– Schsch! Stimmt gar nicht!

Ewa spricht jetzt mehr, unterbricht die Übersetzungen ihres Sohnes. Sagt, dass ihr Schwager Installateur ist. Dass er auf die Kirche vertraut hat. Ihre Erklärungen sind ungrammatisch, ergeben teilweise keinen Sinn, aber Martin hört ihr gern zu. Neue Häuser seien nach den Wahlen vor ein paar Jahren gebaut worden, eine ganze Reihe, mitten im Zentrum. Neue Zeiten, neue Gebäude. Oben Wohnungen, unten Ladenflächen. Backstein, solide, gute Fenster. Und Tadeusz hat alle Rohrleitungen, Toiletten, Bäder, Wasserhähne, Spülen installiert. Er bekam einen Kredit für die Anschaffung des Materials. Kupferrohre und Keramik, aus dem Westen importiert. Als die Häuser fertig und nur noch nicht gestrichen waren, ließ er sie segnen. Der Pfarrer kam und sprengte Weihwasser in die leeren

Räume, und Tadeusz war so stolz. Ewa erinnert sich an die nassen, dunklen Flecke auf dem rosaroten Putz, daran, dass es ein heißer Tag war und dass die dunklen Flecke nach dem Trocknen weiße Spuren hinterließen.

– Er hat sein Geld nie bekommen, Tadeusz, und jetzt weint er oft.

Mit seinen Kreditzahlungen ist er ständig im Rückstand, und die Häuser stehen immer noch leer. Vor einiger Zeit waren neue Grafitti am letzten Haus der Reihe: Schickt die Nonnen ins Ausland und die Pfarrer auf den Mond.

Ewa sieht Jacek an, der nicht mehr zuhört, Augen halb geschlossen, Kopf in die Hände gestützt. Sie flüstert Martin zu

– Ich glaube, das hat Tadeusz geschrieben.

Martin spürt ihren Atem an seinem Hals, während sie spricht, riecht Wein und Seife.

– Meine Schwester, die wollte, dass ich mit Jacek zu ihr ziehe. Nachdem Piotr weg war.

– Ihr Mann?

Ewa antwortet nicht, ihre Augen blicken ins Leere.

– Ich konnte nicht. Mit Tadeusz unter einem Dach leben. Er ist kein schlechter Mensch, aber so verbittert.

Martin ist betrunken, Ewa auch.

– Ich will nicht, dass mein Sohn auch verbittert wird, verstehen Sie? Ich will, dass er sein Leben mag, die Stadt hier, sein Land.

Martin nickt.

– Es gibt nicht viel zu sehen hier, aber ich mache Ausflüge mit ihm, gehe mit ihm an den Fluss.

Ewa seufzt. Der Luftzug vom offenen Fenster her streift ihre und Martins gerötete Wangen, und Jacek hat den Kopf auf das Tischtuch gelegt, schläft.

– Diese Woche lasse ich ihn von der Schule zu Hause. Im Fluss kann er jetzt wohl nicht mehr baden, aber es ist gut, wenn er mit Ihnen redet. Spaß hat, etwas Neues lernt. Mehr als in der Schule.

Ewa lächelt an ihm vorbei, und er betrachtet sie. Nur ein halber Meter zwischen ihnen, die Tischecke, Knie, die sich unterm Tisch fast berühren.

Er beugt sich zu ihr. Doch Ewa hält ihn zurück.

– Nein.

Die Hände auf seinen Schultern, hält sie ihn auf Armeslänge von sich. Martin blinzelt. Ein leeres Weinglas rollt über den Tisch. Ewa schüttelt den Kopf.

– Nein, tut mir Leid.

Sie lächelt, und dann lehnt Martin sich wieder auf seinem Stuhl zurück, mit juckendem Sonnenbrand und kribbelndem Schweiß auf der Kopfhaut.

Er sieht sie nicht an, und eine Weile sitzen sie schweigend da. Jaceks gleichmäßiges Atmen im Zimmer und draußen wieder die Kirchenglocken. Als Martin aufblickt, lächelt Ewa wieder.

– Tut mir Leid.

Sie stellt das Glas wieder auf, hält dann die Hand vor den Mund und lacht.

Am nächsten Morgen ist ein Fax vom Labor des Instituts da. Martin hat einen Kater, lässt sich Kaffee und Wasser aufs Zimmer bringen. Sein Blick gleitet über die Zahlen, kommt nirgends zur Ruhe. Er fährt den Laptop hoch, fügt die Zahlen des Labors in sein Diagramm ein, obwohl er schon jetzt die Divergenz zwischen den letzten Ergebnissen und seinen Prognosen sieht. Tag eins und Tag zwei weisen einen hohen Verschmutzungsgrad von Schlick und Wasser auf und entsprechen Martins eigenen Daten. Bei den Proben von Tag drei aber ist die Belastung so gering, dass sie fast als sauber gelten können.

Martin sitzt eine Zeit lang auf dem schmalen Bett, versucht sich darüber klar zu werden, ob er erleichtert oder enttäuscht ist. Das algenreiche Wasser, der Tümpel unterhalb des Wasserfalls: *sauber. So gut wie*. Doch die Prämisse seiner Arbeit: null und nichtig. Er hat starke Kopfschmerzen, es ist schon heiß, die Scham von gestern Abend noch frisch. Martin presst die Handballen auf die Augen.

Er will nach Hause, er muss sich anziehen. Er geht ins Bad, wo das Fenster offen, die Luft viel kühler ist als in seinem Zimmer. Lange steht er unter der Dusche, das warme Strömen über Gesicht und Schultern lindert seine Kopfschmerzen, füllt seine Ohren, schließt seine Augen, verdrängt Ewa und ihr Lachen durch Wasser, das auf Fliesen fällt.

In dem Zimmer, in das er zurückkehrt, liegen überall Papiere und Kleider verstreut. Martin geht systematisch vor, faltet, sortiert, stapelt. Bevor er packt, sieht er die sauberen Zahlenreihen des Labors noch einmal durch, bemerkt die Notiz unten auf der Seite: Die Algenprobe wurde an die Botanik weitergeleitet.

Auf dem Weg nach unten überlegt er hin und her: Sollten die Botaniker zu interessanten Ergebnissen gelangen, kann er in der Zusammenfassung seiner Arbeit weitere Untersuchungen der Flussfauna anregen. Beim Frühstück kommt ihm die Idee, eventuell ein Gemeinschaftsprojekt mit den Botanikern vorzuschlagen. Das Institut würde das begrüßen. Sogar die Zoologen könnten interessiert sein: Die Algen mögen zwar gedeihen, könnten aber andere Arten verdrängen. Für Ewa ist es jedenfalls eine gute Neuigkeit. Sie arbeitet an diesem Morgen nicht, doch Martin hat vor, ihr eine Nachricht zu hinterlassen, ihr zu sagen, dass sie wieder mit Jacek schwimmen gehen kann. Er isst sein Brötchen auf. Denkt, dass er die Feldstudie verpfuscht, die Woche vertan hat, dass aber noch etwas zu retten ist.

Martin steht mit seinen Taschen in der schmalen Eingangshalle, sieht Ewa glücklich am Wasserfall, während ihre Schwester die Rechnung fertig macht. Dann fällt ihm ein, wie traurig Ewa aussah, als sie mit Jacek zum Fluss kam, und er registriert bestürzt, welche Genugtuung ihm diese Erinnerung bereitet.

Vor ihm auf der Empfangstheke liegt Papier. Er hat einen Stift in der Gesäßtasche, aber er holt ihn nicht hervor. Er zahlt und nimmt seine Taschen. Sagt sich, es ist noch zu früh, um ganz sicher zu sein, während er die Taschen ins Auto stellt. Er muss erst alle Proben testen, alle Möglichkeiten prüfen; am Wasserfall zu baden könnte immer noch gefährlich sein.

Auf der Straße, die aus der Stadt hinausführt, sieht er

Ewas Hand vor ihrem Mund, ihre zusammengekniffenen Augen, Jacek, der von ihrem Lachen aufwacht und ihn anschaut.

An der Grenze führt die Straße etwa einen Kilometer am Fluss entlang, und die Autos fahren langsam. Rechts wachsen hohe Bäume an den Ufern, im Rückspiegel dehnt sich das übrige Land, ausgedörrt und flach. Scham schnürt Martin die Brust ein, doch da winkt ihn der Grenzposten durch, und er fährt weiter.

KIM UND ALICE

Mittwoch, und Kims Mutter geht zum Elternsprechtag in die Schule.

– Sie kommt also nicht mit im Unterricht.

– Doch, doch schon. Lesen und schreiben kann sie. Recht gut sogar für eine Siebenjährige.

Die Klassenlehrerin ihrer Tochter schiebt Kims Zeugnis mit den Fingerspitzen auf dem Pult hin und her, und Alice wartet darauf, dass sie deutlicher wird.

– Sie ist einfach ein Kind, an das man schwer herankommt, Mrs. Bell.

Zuhause, das ist das letzte Haus in der Reihe oberhalb der Strandstraße. Aus dem Fenster ihres Zimmers kann Kim über die Dächer hinweg die alte Landungsbrücke sehen und dahinter den letzten Sandbogen vor der Landspitze. Möwen schweben auf der Thermik, und Kim beobachtet sie, wiegt sich hin und her, wartet. Von hier aus wird sie ihre Mutter sehen, wenn sie von der Arbeit zurückkommt.

Zur Tür herein, und dann Kartoffeln schneiden, kein Hinsetzen zuvor, auch kein Hallo. Aber das ist nicht ungewöhnlich. Kims Beschreibung ihrer Mutter in einem ihrer Schulhefte: Sie kocht immer im Mantel.

Kim wartet noch, nachdem ihre Mutter unter ihrem Fenster vorbei zur Hintertür und in die Küche gegangen ist. Das Gesicht weiter an die Wand gedrückt, vor der Straße unten verborgen, lauscht sie eine Zeit lang dem Töpfeklappern, dann geht sie zu Alice hinunter: früher Abend, es wird dunkel, die Mutter arbeitet im blauen Schein der Grillflamme, unter der die Koteletts brutzeln. Kim bleibt eine Weile in der Tür stehen, doch Alice dreht sich nicht um. Ein Abend wie jeder andere: Kartoffelschalen auf der Arbeitsplatte, Mutter von hinten an der Spüle. Kim fragt sich, ob sie sich nicht im Tag geirrt hat, ob Alice überhaupt beim Elternsprechtag war, beschließt aber, nichts zu sagen. Geht stattdessen zu ihrem Bruder ins Wohnzimmer, sieht bis zum Essen mit Joseph fern.

Wenn sie bleibt, zieht Alice den Mantel aus und isst mit ihren Kindern. Heute trinkt sie nur eine Tasse Tee und sorgt dafür, dass der Abwasch in Gang kommt, ehe sie wieder zur Arbeit geht. Eine Ermahnung, rechtzeitig ins Bett zu gehen, ein rascher Kuss für jeden auf dem Weg zur Tür. Auch das ist normal, und so atmet Kim wieder ein wenig freier, trocknet langsam die Teller ab, die Joseph schnell spült. Aus dem Fenster der vertraute Anblick der Mutter von hinten, den Gartenweg hinab verschwindend. Kim kann die Augen schließen und sie den Hügel hinab zur Strandstraße gehen sehen. Schlüssel in der rechten Hand, die Linke hält den Kragen gegen den Wind zusammen.

Kims Augen schmerzen an diesem Abend, jucken, ihre Lider sind schwer. Sie hält sie geschlossen, richtet ihr geistiges Auge noch eine Weile auf die Mutter. Stellt sich das flache Meer hinter Alice vor, wenn sie den Salon aufschließt, das Wasser vom Wind gekräuselt. Sie weiß, dass ihre Mutter den Laden wegen des Blicks über den Strand genommen hat, die Strandstraße hinunter. Hat sie mit Kundinnen darüber reden hören, hat sie das breite Fenster von Salz und Regen blank putzen sehen. Alice spielt keine Musik in ihrem Salon, redet nicht viel. Stille herrscht, während sie Haare schneidet und legt. Im Sommer bei offener Tür, in der Seeluft. Im Winter beim Summen der Trockner, die große Scheibe vor dem dunklen Nachmittag beschlagen.

Kim öffnet die Augen wieder, zum Küchenfenster hin, die Mutter ist längst weg, der Bruder wieder vor dem Fernseher. Am feuchten Geschirrtuch trocknet sie sich die Hände ab, schnippt die letzten Krümel vom Tisch. Sie will die Stirn auf die kühle Platte legen, aber es geht nicht; der Hals steif, widerstrebend, irgendwie von den Schultern festgehalten. Sie war nervös in den Tagen vor dem Elternsprechtag und kann sich jetzt nicht entspannen, weiß nicht, wohin mit all der Angst.

Wenn Alice nach ihrem Geschäft gefragt wird, sagt sie, dass sie ihre Familie ganz gut davon ernähren kann. Die Gewinnspannen sind knapp bei ihren Schulden, aber sie hat keine nennenswerten Lücken in ihrem Terminbuch, wenig Probleme, die sie mit ihrem Steuerberater besprechen muss.

Wenn Alice, wie an diesem Abend, über ihre Tochter nachdenkt, sieht sie Kims helle Augen vor sich und ihr noch helleres Haar, das feste kleine Gesicht, die verschlossene, ausdruckslose Miene. Kurze, dicke Daumen, weiß und weich genuckelt, in feuchten, fest geballten Fäusten versteckt.

Alice hat lange Finger mit kräftigen Nägeln: gepflegte Ovale ohne Nagelhaut. Sie macht sie sich ganz zum Schluss, wenn die Arbeit getan ist, ehe sie den Salon verlässt. Allein mit ihren Gedanken, ihren Feilen. Reibt die Creme ein, Hand über Hand über Hand.

Sie hat der Lehrerin am Nachmittag nicht widersprochen. *Ein Kind, an das man schwer herankommt.* Alice hat es schon häufiger gehört: von verschiedenen Seiten, in unterschiedlichen Verkleidungen, so oft, dass sie schon darauf wartet. Würde es selbst nie sagen, findet es aber auch.

Mit Joseph war es leicht: mit ihm kam Liebe. Zorn, als die Hebamme ihn von ihr fort durch den Kreißsaal trug, um ihn zu waschen und zu wiegen. Kim kam zu früh. Wenige Wochen nur, nachdem Frank gegangen war. Lachgas und Sauerstoff, und immer wieder sagte Alice der Hebamme, sie sei nicht auf das Baby vorbereitet, doch es kam trotzdem. Keine Tränen, auch keine starken Schmerzen. Und dann brauchte sie Jahre, um sich an Kim zu gewöhnen: ihr seltenes Lächeln, ihre widerspenstigen Arme und Beine.

Alice hört die Tauben in der Dachrinne über der Tür rumoren, als sie abschließt. Die leisen, vibrierenden Laute aus ihren Kehlen. Das Wasser hinter ihr ist ruhig, nur eine schwache Brise weht über den Sand. Kräuselt die Fläche leicht, berührt ihre Wange, als sie den Schlüssel im Schloss dreht und die Straße hinauf nach Hause geht.

Donnerstag, und Kim ist krank.

In der Schule muss sie sich übergeben. Ein Häufchen Sägemehl und ein Geruch im Flur. Zu Hause wieder. Joseph wärmt das Essen auf, das Alice in den Kühlschrank gestellt hat, und als Kim zum dritten Mal erbricht, ruft er im Salon an.

– Kannst du kommen, Mum?

– Lass ihr ein Bad ein und steck sie ins Bett, Schatz. Bitte. Ich bin pünktlich zu Hause. Sieh zu, dass sie was trinkt.

Joseph tut wie geheißen, und seine Schwester fügt sich schweigend. Als Alice kommt, ist es dunkel, und Kim hat Fieber: trockene Hitze, dann plötzlich Schweißausbrüche, die ihr das helle Haar an die Stirn kleben.

Freitagmorgen, Kim kann nicht aufstehen und zur Toilette gehen, und als sie wieder erbrechen muss, findet ihre Mutter sie, wie sie auf allen vieren in den hellen Flur hinauskriecht.

– Also keine Schule heute.

Alice trägt ihre Tochter ins Bad, eine sperrige, leblose Last mit Gliedmaßen.

Kalter schwarzer Tee. Kalkig schmeckendes Aspirin, in Marmelade zerdrückt auf einem Teelöffel. Alice kommt eine Viertelstunde über Mittag, lässt den Mantel an. Stellt ihre Tochter nackt an die Heizung, wäscht sie mit einem Waschlappen und heißem Wasser in einer roten Plastikschüssel ab. Kniet neben dem feuchten Körper, seinen ungelenken Gliedern, seinen Grübchen, dem weichen Bauch.

Kim schwankt unter Alices Händen, die Augen halb geschlossen. Heißer Stoff auf Gesicht und Hals, um die Ohren, das Rückgrat hinab, zwischen Zehen und Fingern. Abkühlung, wo der Lappen war.

Kim liegt in einem frischen Schlafanzug im Bett, als Alice wieder zur Arbeit geht. Gut eingepackt in frischem Bettzeug, die Vorhänge gegen den Tag geschlossen. Die Latten der Koje über ihr bewegen sich, aus der Matratze spähen Vogelaugen. Schnäbel und Flügel. Kim ruft nach ihrer Mama, aber sie ist schon wieder weg, die Straße hinab. Der Haarspraygeruch mit ihr, und Kim ist wieder allein mit den Vögeln. Sie fliegen zwischen den Latten hervor, graue Flügel, die ihr die heiße Luft gegen die Wangen schlagen.

Alice hat immer gehofft, es würde noch kommen. Hat es in den Broschüren der Hebammen, in Büchern aus der Bibliothek gelesen. Nicht immer wird sich sofort eine Bindung zu Ihrem Kind entwickeln, aber das ist normal und kein Grund zur Sorge.

Kim kam, und Alice hatte für zwei zu sorgen. Frank weg, und sie allein: nicht annähernd genug. Joseph war damals vier, und sie holte ihn stets früh vom Kindergarten ab. Das Gefühl, wie er sich an ihrem Rock festhielt, wenn sie die Strandstraße entlang nach Hause gingen, seine Arme um ihren Hals, wenn sie ihn hochnahm.

Alice versuchte, Kim nach ihrem Abendfläschchen noch eine Weile im Arm zu halten, wenn Joseph eingeschlafen war und sie in Ruhe zusammen sein konnten, so wie es in den Broschüren stand. Aber es fiel ihr schwer, und manchmal machte es ihr Angst: mit ihrem Baby dazusitzen und immer noch so wenig zu empfinden.

Am Nachmittag erscheinen rotbraune Flecke. An Kims Fußsohlen, hinter den Ohren, an der Innenseite der Lider. Joseph sieht sie, als der Arzt in Kims dunklem Zimmer mit der Taschenlampe leuchtet. Mit den Daumen zieht er die Lider des Mädchens nach unten.

– Ich muss telefonieren. Einen Krankenwagen rufen und deine Mutter.

Joseph erzählt Kim später, dass sie mit Martinshorn abgefahren sind, doch Kim erinnert sich an Stille im Krankenwagen. Dass sie Alice ansah und dann ihrem Blick nach draußen folgte, auf die vorbeigleitenden Bäume und Laternenpfähle. Den Streifen Welt, den das klare Glas über dem Milchglas der Türen freigab.

Alice Bells Tochter hatte Gehirnhautentzündung und wäre fast gestorben.

Die Kundinnen im Salon stellen besorgte Fragen, und Alice bekommt Besuch von der Gesundheitspflegerin. Die Frau sieht sich genau den sauberen Flur, die aufgeräumte Küche an, in die Alice sie führt. Das Gras im Garten ist hoch, neigt sich hierhin und dorthin, doch Alice ist sich sicher, dass sonst alles in Ordnung ist. Sie glaubt die Schwester zu kennen: hat ihr möglicherweise einmal die Haare geschnitten.

Alice bekommt Broschüren von ihr. Wird mit dem

Trinkglas-Test bekannt gemacht: Drücken Sie ein Glas auf den Ausschlag. Alice bedankt sich, denkt aber, sie nützt ihr nichts mehr, diese Information. Es ist zu spät, vorbei, Kim wird bald entlassen.

Das Haus ist still, nachdem die Frau gegangen ist. Klein. Alice fegt die Broschüren vom Küchentisch, wirft sie auf dem Weg zum Salon in den Mülleimer.

Kim hat Narben. Eine kleine, runde im Kreuz, wo man ihr Flüssigkeit aus der Wirbelsäule abgezapft hat. Und eine auf dem Handrücken, von der Infusion: Haut und Ader noch leicht hervortretend, die Einstichstelle schon halb verheilt, verblassend wie der sich gelb verfärbende Bluterguss. An den Fußsohlen feine weiße Kratzer, die jedoch mehr Erinnerung sind als Realität. Spuren von Ritzern zum Testen des Gefühls, von Stichen in die Zehenspitzen, aus denen Blutstropfen austraten, die dann zu Blutflecken auf den Krankenhauslaken wurden.

Die eigentliche Narbe ist am Hals. Tracheotomie. Kim kann das Wort nicht aussprechen, aber dorthin wandern ihre Finger, nachts in ihrem Klinikbett, und wenn sie morgens aufwacht. Um die darüber gezogene Haut zu fühlen, überlappende, zusammengewachsene kleine Falten. Wie geschmolzenes Plastik, der Becher, der in sich zusammensank, als Joseph ihn auf dem Herd stehen ließ. Anfangs sind noch die haarigen Enden der Naht da. Sechs schwarze Borsten, über die Kims Fingerspitzen unter dem Pflaster streichen: im Badspiegel erforscht, wenn niemand zuschaut. Eine Hand am fahrbaren Tropfständer, mit der anderen am Waschbecken hochgestemmt, näher heran an den hohen, blanken Spiegel und die grau-rosa Hautfalte in ihrem Spiegelbild.

Kim ist wieder zu Hause, wieder in der Schule. Wochen sind schon vergangen, aber Alice sieht noch immer die ersten Tage mit ihrer Tochter in der Klinik vor sich. Die Bilder kommen aus dem Nichts. Wenn sie die Buchhaltung macht, während sie Haare schneidet, einkauft, geht, auf dem Nachhauseweg.

Aus ihrem Fenster sieht Kim die Mutter im Dämmerlicht die Straße heraufkommen. Sie geht mit offenem Mantel, und manchmal bleibt sie stehen, den Kopf gesenkt, die Hände tief in den Taschen. Verharrt so eine Weile auf dem Bürgersteig und geht dann weiter.

Die Schwestern hielten Kims gekrümmten Körper fest, und Alice schaute zu. Das Rückgrat der Tochter ihr zugewandt, Füßchen unter den Po hochgezogen. Braunes Jod auf die Haut getupft und dann gespreizte Zehen, als die Nadel eindrang: fünf einzelne weiche Polster an jedem Fuß, gestreckt.

In einem Zimmer am Ende des Flurs war ein Bett für Alice frei, doch sie blieb auf dem Stuhl am Bett ihrer Tochter und schlief nicht viel. War wach, als das Fieber wieder stieg und Kim ihre Zunge verschluckte. Die Ärzte zogen den Vorhang um das Bett mit dem zuckenden Mädchen zu. So konnte Alice nicht mehr sehen, was sie machten, aber sie rührte sich nicht von der Stelle. Blieb, wo sie war, lauschte, als sie das Loch für den Schlauch in den

Hals ihrer Tochter schnitten, mit nassen Tüchern um ihre Beine das Fieber senkten. Niemand schickte sie weg, und sie saß auf dem Stuhl, die Schuhe neben den Füßen, den Mantel fest um die Brust gezogen.

Kim hat auch Kopfschmerzen.

Joseph schaut zu, wie seine Schwester sich den Gürtel um den Kopf legt. Einen alten von Opa. Große Schnalle, rissiges Leder: um die Stirn, über die Schläfen. Er zieht ihn für sie fest, und dann legt sie sich hin, den Kopf unter der Decke, nur die Nase schaut vor. Brauen vom Gürtel gerunzelt, Zähne zusammengebissen, Hals gegen den Schmerz gespannt.

Kims Getränke müssen warm sein, weil ihre Zähne alles spüren, und sie ist ungeschickt. Beine blau von Stürzen und Ecken, Kleider bunt gefleckt von Verschüttetem. Kim hat zurzeit kein Gefühl für Kanten; wo ein Glas gefahrlos abgestellt werden kann, wo ihr Körper unbeschadet vorbeikommt. Sie macht Lärm und Unordnung, und das nuschelnde Sprechen, das sich, wie der Arzt meinte, schnell bessern sollte, verschwindet erst nach Wochen.

Alice wird von neuem in die Schule bestellt. Kein Elternsprechtag diesmal: ein Gespräch mit Kims Klassenlehrerin und der Rektorin diesmal. Klassenbuch aufgeschlagen zwischen ihnen auf dem Schreibtisch.

– Wann geht Kim morgens aus dem Haus, Mrs. Bell?

– Um Viertel vor neun. Mit ihrem Bruder.

– Jeden Morgen?

Alice nickt, sagt nicht, dass sie selbst schon um zwanzig nach acht aus dem Haus geht, um den Salon aufzuschließen. Denkt, sie sind zweifellos in der Lage, das herausfinden. Sie ruft ihnen in Erinnerung

– Meine Tochter war schwer krank.

– Ja.

Sie machen sich Notizen, und Alice erinnert sie noch einmal. Daran, dass Kim sich immer wieder die Wunde von dem Luftröhrenschnitt ansehen musste. Dass sich die Enden des Pflasters an ihrem Hals aufrollten, sie verrieten, magnetisch Staub anzogen, dass die Klebespuren auf ihrer Haut schwarz wurden. Alice kam zur Besuchszeit, flüsterte: Das wird sich entzünden. Sie lächelte dabei. Wollte nicht mit ihrer Tochter schimpfen; wollte es ihr nur sagen. Sie wissen lassen, dass sie es bemerkt hatte. Dass sie ihre Neugier verstand.

Kim sah sie an. Rot anlaufende Haut unter den Augen. Hände, die sich hoben, um das Pflaster zu verdecken. Alice wusste nicht, was das bedeutete: ob ihre Tochter erstaunt, erfreut oder wütend war.

– Kim steht jetzt unter Disziplinaraufsicht, wie wir es nennen, Mrs. Bell.

– Sie hätte sterben können.

– Ja.

Sie blinzeln ihr über den Schreibtisch hinweg zu. Verständnisvoll, nachdrücklich.

– Das muss besser werden mit ihren Fehlzeiten.

Kim findet verschiedene Orte, an denen sie ihre Tage verbringen kann. Manchmal ist es der Küstenpfad über die Landspitze, wo ihr der Wind in die Beine schneidet. Manchmal die verbrannten Stoppelfelder landeinwärts, wo sie Drachen aus Plastiktüten steigen lässt. Meistens jedoch der Strand, wo sie sich unter die alte Landungsbrücke legt. Rücklings auf den knirschenden Kies, zu ihren Füßen Wellen, hinter ihr der Kai. Durchweichtes Holz, Salz, Seetang und Abfälle.

Durch die Lücken zwischen den Planken des alten Stegs sieht sie die flatternden Kämpfe der Möwen. Liegt still da, verfolgt die Sturzflüge der Stare um die splitternden Pfosten und Geländer. Wolken und Wind über dem Wasser. Ein taumelnder Schwarm schwarzer Schnäbel und Flügel über ihr.

Alice schließt den Salon früh und ist vor ihren Kindern zu Hause. Joseph tut so, als wäre es normal, dass seine Mutter ihm aufmacht; Kim tritt in den Flur, die Schultasche in der Hand, als könnte sie etwas beweisen, Kleider und Haare verräterisch feucht vom Tag. Joseph verschwindet nach oben in sein Zimmer, Kim schweigt, Augen auf der Tapete, als Alice sie fragt, wo sie war und warum. Alice wartet auf eine Regung im Gesicht ihrer Tochter, kann aber an ihrer Miene nichts ablesen.

– Wie auch immer. Von jetzt an gehst du mit mir aus dem Haus.

– Nein.

Später lässt Alice die Szene noch einmal Revue passieren. Im Bett, Licht aus, Augen geöffnet. Spürt, wie sich etwas einschnürt, eng um ihren Bauch. Denkt an die Kämpfe, das Geschrei, als ihre Tochter drei, vier, fünf war: will diese Jahre nicht noch einmal erleben. Kim roch an diesem Nachmittag nach Meer und frischer Luft, der ganze Flur war davon erfüllt. Alice wusste nicht, was tun, was sagen, und so sagte sie nichts. Eine fast achtjährige Fremde stand vor ihr. Mund offen, der Atem hörbar über die nassen kleinen Zähne streichend.

Kim weiß es nicht, aber die Schule hat ein wachsames Auge auf sie. Ihre Lehrerin weiß, dass sie sich morgens in die Liste eintragen lässt und dann durch die Pforte hinter den Sportplätzen hinausschlüpft. Man stellt sie nicht zur Rede; stattdessen ruft man ihre Mutter an, und dann legt Alice im Hinterzimmer des Salons den Hörer auf, hinter dem zugezogenen Vorhang, beim Lärm der Trockner, und weint.

Alice weiß es nicht, aber an manchen Vormittagen steht ihre Tochter vor dem Café in der Strandstraße. Der Geruch führt sie dorthin: heiße Luft, warme Haut und warmes Haar, Shampoo. Sie geht nicht hinein, betrachtet nur das Gesicht ihrer Mutter am Salonfenster. Augen und Wangenknochen zwischen den Spiegelungen. Leerer Himmel, kaltes Meer, zerzauste Palmen. Die Augen ihrer Mutter blinzelnd, das Gesicht unbewegt. Laternenpfähle, zwischen denen im Wind schaukelnde Lampen hängen.

Wieder ein Mittwoch, wieder ein paar Wochen später, und Kim steht in der Tür des Salons. Alice ist bereits angerufen worden. Weiß, dass ihre Tochter nicht in der Schule war, hat nicht erwartet, dass sie hier aufkreuzen würde. Der Regen gleitet am Fenster hinab, durch die offene Tür hört sie ihn in den Gullys singen.

Alice nimmt ihrer Tochter den Mantel ab, setzt sie auf einen freien Stuhl. Es ist ruhig im Salon, und die nächsten Minuten sieht Kim ihrer Mutter im Spiegel bei der Arbeit zu. Sieht, dass Alice sie nicht anschaut, nur aus dem Fenster schaut oder auf ihre Finger, die graues Haar auf pastellfarbene Plastikwickler drehen, rosa, gelb und grün. Die Wangen ihrer Mutter sind gerötet, die Lippen eingezogen, die Haut um die Augen gespannt.

Als Alice zu ihr geht, wendet Kim den Blick ab. Sieht die Augen der alten Dame unter der Trockenhaube auf sie beide gerichtet. Auch Alice weiß, dass die Frau herschaut. Spürt, dass die Kundinnen sie beobachten, seit Kim krank war, hat sich an ihre forschenden Blicke gewöhnt. Sie steht jetzt hinter ihrer Tochter. Ein paar Augenblicke verstreichen, und immer noch steht sie da. Kein Schimpfen, kein Zorn. Betrachtet nur die hängenden Schultern ihrer Tochter, ihren Nacken, das nasse Haar.

Alice holt ein frisches Handtuch aus dem Regal hinten, schließt einen Föhn an und macht sich an die Arbeit. Erst schaut Kim in den Regen hinaus, auf die Möwen, die sich auf dem Geländer draußen zanken, dann schließt sie die Augen. Spürt den Druck der Finger ihrer Mutter, spürt, wie kräftig ihre Hände sind, wie warm die Luft ist, hört das leise Surren des Föhns.

AM STRAND

Dem Jungen ist schlecht von der Fahrt. Mit dem Rücken zur Fahrtrichtung über die Autobahn, dann durch den Kiefernwald. Im Heck des großen Familienautos, zwischen der Kühlbox und den Strandtüchern, den Blick auf die zurückweichenden weißen Streifen auf schwarzem Asphalt, die Biegungen und Bäume des Sandweges zum Strand.

Parken unter hohen Kiefern auf Nadeln und federndem Boden, durch die offenen Türen das Rauschen der Wellen und der Geruch der frischen Luft. Die Dünen geben nach unter den Füßen der Mutter des Jungen, seines Vaters, seiner beiden Brüder, seiner Schwester. Er ist der Jüngste, und seine Eltern halten ihn auf dem Weg vom Auto zum Strand an den Händen. Links und rechts von ihm ziehen sie seine Arme hoch über seinen Kopf.

Die Familie kommt oben an, und alle sechs bleiben einen Moment auf dem höchsten Punkt der sanft ansteigenden Düne stehen. Der Wind vom Meer her presst ihnen die Sommerkleider an den Körper. Mutter und Vater schwingen ihren Jüngsten über die harten Grasbüschel. Füßchen, die abheben vom lockeren Sand, das hoch hinauf fliegende Bäuchlein wieder glücklich, die Übelkeit vom Wind zum Auto zurückgeweht, der feuchte Geruch nach Salz und Bäumen hier draußen.

Vor ihnen drei Streifen: Himmel, Meer und Sand. Ultramarinblau, Schiefergrau, dann Braun. Spätsommer, ein Wochentag, sie sind allein. Bis auf einen Mann, der einen Drachen steigen lässt, und zwei Spaziergänger mit einem Collie, der die ablaufende Brandung anbellt. Seine Schnauze schnappt lautlos zu, das Geräusch erreicht die Familie, den jüngsten Sohn, erst später. Vom Wind auf Umwegen herangetragen, über die Sandfläche, die Düne herauf, an ihre Ohren.

Auf den Fußspitzen sind sie hinaufgestiegen, jetzt steigen sie hinunter, und ihre Fersen sinken in dem blassgoldenen Abhang tief ein. Die Mutter ist außer Atem, der Vater runzelt die Stirn, und sie lassen den jüngsten Sohn los, ganz auf ihren schwankenden Weg mit der Kühlbox die Düne hinab konzentriert. Die älteren Jungen rennen los, sind als Erste am Strand, kugeln sich, strampeln. Bewerfen sich lachend mit Sand, laufen ans Wasser.

Die Schwester, die Älteste, geht langsam, hält ein paar Schritte Abstand zu ihren Eltern. Schaut aufs Meer hinaus, will die kahle Stelle am Kopf ihres Vaters nicht sehen, den breitbeinigen Gang ihrer Mutter, will nicht sehen, wie sie sich unterhaken, einander Vögel zeigen, am Rand des Wassers entlanghüpfen. Sie hält die Arme vor der Brust verschränkt.

Ihr jüngster Bruder springt erst irgendwo hinter ihr herum, dann stürmt er an ihr und ihren Eltern vorbei, mitten auf die weite Sandfläche.

Der Vater breitet die Tücher vor dem Windschutz aus, die Mutter legt sich hin. Halb auf der Seite, die Knie abgewinkelt, einen Fuß fest auf den Boden gestemmt. Sie schläft eine Weile, und ihre Brust hebt und senkt sich mit dem Atem. Die Brüste wieder groß, der Bauch dem Meer zugekehrt, eine riesige, straffe Wölbung unter dem weiten Kleid. Der Wind weht eine feine Sandschicht über ihre kräftigen Füße, den hohen Spann, die vorstehenden Adern. Dunkelblau laufen sie unter der weißen Haut von den Fußspitzen zu den Waden, den Kniekehlen.

Die Schwester legt ihr Handtuch ein Stück entfernt hin und liest. Aus ihren Ohrhörern dringt blechernes Geflüster zu ihrem kleinen Bruder, der bei den Eltern sitzt und Sand von einer Hand in die andere schaufelt. Sein Vater packt einen Saftkarton aus, für sich selbst, für den Jungen.

– Wollen wir zu deinen Brüdern?

Sein kleiner Sohn saugt roten Saft durch den Strohhalm und nickt. Seine Frau setzt sich auf, halb nur, auf die Ellbogen gestützt.

– Bleib du hier, Liebes. Ruh dich aus.

Er legt die Hand auf ihren Bauch, drückt ihr einen Kuss aufs Haar.

Der Vater geht barfuß, die Hosenbeine hochgekrempelt. Seine Beine sind weiß, die Zehen rosa, weich von der Umhüllung der Socken. Er hinterlässt tiefe Abdrücke im nassen Sand, die hinter ihm aufweichen und sich mit Wasser füllen.

– Hier bring ich euch noch einen Mann.

Die Brüder des Jungen stehen im seichten Wasser und machen verdrossene Gesichter.

– Na, kommt, spielt etwas, wo er mitmachen kann.

Das tun sie eine Zeit lang, aber es macht keinen Spaß, und schnell wird daraus Schweinchen in der Mitte, mit neuen Regeln. Fällt der Ball ins Wasser, muss das Schweinchen ihn holen, und bald sind die Shorts des kleinen Jungen durchnässt. Da bietet es sich an, ihn in etwas tieferes Wasser zu werfen, zumal er so lacht, wenn sie ihn hin und her schwingen. Einer an den Schultern, der andere an den Beinen.

Doch das Wasser ist kalt und salzig. Dringt ihm in den Hals und ruft die Übelkeit von heute Morgen wieder wach. Er weint, und sie müssen ihn den Strand hinauf zu ihrer Mutter bringen, die stirnrunzelnd sagt, ob sie so grob mit ihm sein müssen und dass sie auch gleich hier bleiben und etwas essen können.

Der Jüngste wird ausgezogen und in ein großes Handtuch gewickelt, seine Haare mit einem kleineren halb trocken und stachelig gerubbelt. Langsam isst er sein Sandwich, Kruste zuerst, sitzt dicht bei den geblähten Streifen des Windschutzes, betrachtet schweigend die gesplitterten Enden der Holzpfosten.

Sein Vater legt Shorts und T-Shirt des Jungen zum Trocknen in den Sand, mit Steinen vom Spülsaum beschwert, die Enden im Wind flatternd. Er zieht sein Hemd aus und streift es dem Sohn über, die Ärmel zu dicken Wülsten hochgerollt, der Saum um die Knöchel schlotternd. Im Unterhemd stellt er den Kindern Rätselfragen, während sie ihre Sandwiches essen. Sie verdrehen die Augen, versuchen dennoch Antworten zu geben. Er ist begeistert, wenn sie die Lösung finden, noch mehr, wenn er sie ihnen erklären kann. Mit Gesten, die seine Worte unterstreichen, geheimnisvollen Fingerzeichnungen im Sand.

– Mum, kann ich da hin?

Der jüngste Sohn im Hemd des Vaters steht auf und zeigt den Strand hinunter zur fernen Landspitze. Die Rätsel seines Vaters sagen ihm nichts, seine Erklärungen noch weniger. Die Mutter, wieder schläfrig, blinzelt.

– Was ist denn da, Schatz?

Er zuckt die Schultern.

– Nur mal sehen.

– Später vielleicht, Schätzchen. Hast du aufgegessen?

Er seufzt, stößt die Füße in den Sand. Ein Stück von den Strandlaken entfernt zeichnen sein Vater und seine Brüder jetzt mit Stöcken in den Sand. Doch was das Bild darstellt, kann er nicht erkennen.

– Ich geh mit ihm.

Der Schwester ist das Verhalten ihres Vaters, sind ihre Brüder peinlich, obwohl jetzt niemand mehr am Strand ist, der sie sehen könnte. Ihre Mutter lächelt, müde, dankbar.

– Danke, Schatz. Ich komm später nach.

Das Mädchen geht so schnell, dass ihr kleiner Bruder ab und zu ein paar Sprünge machen muss, um mit ihr Schritt zu halten. Eine schmale Zehnerpackung kommt aus ihrem Hosenbund zum Vorschein, als genug Strand zwischen ihnen und ihren Eltern liegt. Mehrfaches Klicken des Feuerzeugs hinter ihrer Hand, dann kauert sie sich hin, benutzt den Jungen als Windschutz.

– Tu so, als hättest du eine Muschel gefunden.

Sie gibt ihm Anweisungen, und er spielt brav Theater, hebt nichts auf und legt es ihr in die ausgestreckte Hand. Die andere Hand hält sie steif an der Seite, die Zigarette vor den Augen der fernen Eltern durch ihren Körper verborgen, der Rauch wirbelt hierhin und dorthin, wird schnell unsichtbar im Wind. Ein rascher, prüfender Blick zu den Eltern, und die Schwester steht wieder auf.

Sie gehen zusammen weiter. Nahe am Wasser, wo der Sand hart und gerippt ist und die letzten sanften Ausläufer der Wellen über ihre Schritte spülen. Der Junge fischt Tang aus dem seichten Wasser, und seine Schwester knackt mit den Fingernägeln die ledrigen Blasen für ihn auf. Weiter vorn schwimmen lange, flache Streifen, gelb-braun und fest wie Kunststoff, und er zieht sie den Strand hinauf, dorthin, wo seine Schwester sitzt, die Arme um die Knie geschlungen.

Sie biegt die langen Streifen im Sand zu ihren Initialen.

– Ku, Su.

Ihr Bruder erkennt die Buchstaben.

– Ja, CS. Das bin ich.

Lachend läuft er ans Wasser, um noch mehr Streifen zu holen, die sie zu weiteren Buchstaben formt. Dann verziert sie die beiden Initialengruppen mit Kieselsteinen und Muscheln.

– Bin ich das?

Der Junge zeigt auf die neuen Buchstaben. Ein P und ein D, sorgfältig ausgelegt. Seine Schwester lacht.

– Nein!

– Oh.

Ihr Bruder schaut auf die Buchstaben hinab, blinzelt verwundert. Seine Schwester seufzt. Kniet sich hin und legt die gummiartigen Streifen neu aus. Sie lächelt ihn an.

– Bu, Su. Das bist du.

Sie gehen weiter, Dünen und Kiefern links, Meer rechts, Eltern und Brüder als kleine Flecke weit hinten. Vor ihnen zerschneidet ein Bach den Strand, Sand und Schlamm zu einem dunklen Streifen vermischt. Bemooste Steine liegen nass in der seichten Strömung.

– Wollen wir rüber?

Die Schwester des Jungen zieht die Nase kraus. Drüben liegen die Landspitze und graue Felsen. Draußen im Wasser eine breite Sandbank.

– Nee.

Sie holt ihre Zigaretten wieder hervor, und ihr Bruder kauert sich neben sie, schaut zu der Sandbank hinüber, die kaum über die Wasserfläche ansteigt.

– Was sind das für dunkle Dinger da?

Er zeigt auf die Sandbank.

– Felsen.

– Die bewegen sich.

– Nein.

– Doch.

Einige der dunklen Gebilde bewegen sich, andere nicht. Bruder und Schwester beobachten sie eine Weile schweigend, dann steht der kleine Junge auf.

– Schau!

Er rennt ans Wasser, zu einem kleinen Höcker am Ufer des Bachs, einem kleinen Gebilde, das dort liegt, außer

Reichweite der Wellen. Im Laufen winkt er seiner Schwester.

– Komm mit!

Doch als er angelangt ist, fährt er zurück. Die Händchen fliegen an sein Gesicht. Stocksteif und stumm steht er vor dem Gebilde am Bach. Seine Schwester erhebt sich stirnrunzelnd, geht langsam den Strand hinunter zu ihrem Bruder, zu dem Ding, das er anschaut.

Es ist eine junge Robbe. Halb auf der Seite liegend, der weiche Bauch dem Meer zugekehrt, am Rücken angewehter Sand.

– Tot, Kleiner.

Seine Schwester raucht, blinzelt, die Haut um ihre Augen in Fältchen. Die Zwischenräume zwischen ihren Sommersprossen rosa von Sonne und Wind. Der Junge schaut wieder auf die Robbe hinab. Der nasse Saum des väterlichen Hemdes weht ihm gegen die Beine, die kleinen Rundungen seiner Knie zeichnen sich durch den grau werdenden Stoff ab. Er dreht sich mit dem Rücken zum Meer, sodass die junge Robbe vor dem Wind geschützt ist. Sieht sich um, über die Schulter, späht zu den dunklen Gebilden auf der Sandbank hinüber, ihren langsamen, fernen Bewegungen.

– Scheiße.

Seine Schwester drückt den Zigarettenstummel tief in den Sand zu ihren Füßen, hält die hohlen Hände vor den Mund und prüft ihren Atem. Der Junge folgt ihrem Blick, sieht seine Mutter. Langsam, Bauch voran, kommt sie über den breiten Strand näher. Ruft ihnen etwas zu, doch er versteht sie nicht, und der Wind weht ihr das Haar über den Mund.

Als sie bei ihnen anlangt, ist sie außer Atem, das Haar am Hals schweißfeucht. Sie bleibt stehen.

– Oh.

Macht die letzten Schritte zu ihren Kindern hin, zu der toten Robbe neben ihnen.

– O Gott.

Sie legt ihrem Sohn die Hand auf den Kopf, aber er kann den Blick nicht von der Stelle wenden, wo das Auge der Robbe war. Ein ausgefranstes Loch an der Seite des Kopfes. Das Fell noch flaumig. Flosse und Bauch mit feinen weißen Körnchen überstäubt.

Die Mutter drückt den Jungen an ihre Beine, zieht ihre Tochter an sich und küsst sie aufs Haar. Runzelt dann die Stirn.

Der Junge löst sich von seiner Mutter, schaut aufs Meer hinaus. Seine Mutter nimmt die Hand seiner Schwester, schnuppert daran und lässt sie wieder fallen, ihr Blick plötzlich hart. Ihre Tochter zwinkert, presst die Lippen zu einem schmalen Strich zusammen. Röte kriecht aus ihrem T-Shirt ihren Hals hinauf. Sie zieht die Zigarettenpackung aus ihren Shorts, legt sie der Mutter in die ausgestreckte Hand.

Der Junge beobachtet wieder die dunklen Gebilde. Die Wesen wälzen sich auf der fernen Sandbank, und ihre Laute, irgendwo zwischen Bellen und Wimmern, wehen in Fetzen über die vom Wind gekräuselte Wasserfläche zum Strand. Einige von ihnen schwimmen. Gut getarnt;

braun-dunkles Fell vor grau-dunklem Meer, aber der Junge kann sie gerade noch erkennen. Die Köpfe aus dem Wasser gereckt, abfallende Schultern. Die Schnauzen alle in dieselbe Richtung gedreht, zur genaueren Betrachtung der Gestalten am Ufer mit einem Auge. Sie bewegen sich nicht. Als würden sie stehen. Schaukeln mit den Wellen sanft auf und ab.

– Mum? Wissen sie, dass er tot ist?

Seine Mutter blickt aufs Meer hinaus.

– Ich weiß nicht, Schatz. Vielleicht.

– Sind sie traurig?

– Das kann schon sein.

Er schaut wieder auf den halb im Sand versunkenen Robbenkadaver hinab.

– Sterbe ich vor dir, Mum?

– Ach, Schätzchen, ganz bestimmt nicht.

– Und Celie?

Seine Schwester macht unter dem Blick der Mutter ein mürrisches Gesicht.

– Nein, sie lebt hoffentlich länger als ich.

– Aber einer von uns stirbt als Erster?

– Ja, einer von uns wird wohl als Erster sterben.

– Und wir anderen sind traurig?

– Ja, ich denke schon.

Der Junge legt die Stirn in Falten, die Augen jetzt dunkel, blickt zu den herschauenden Robben hinüber, deren Sandbank von der steigenden Flut zurückgefordert wird.

– Können wir nicht einfach alle gleichzeitig sterben?

Seine Mutter blinzelt. Streicht ihm übers Haar.

– Nein. Das ist wohl ziemlich unwahrscheinlich.

Den Rest des Nachmittags bauen sie Sandburgen. So groß, dass der Junge darin stehen kann, mit Türmchen von der Hand seines Vaters und seiner Mutter und Verzierungen aus Muscheln und Seetang, die seine Schwester gesammelt hat. Seine Brüder heben einen Graben aus, der mit schäumendem Wasser voll läuft, als die Flut kommt. Die Burgmauern glättet, einige der unteren Muscheln, die die Familienfestung schmücken, fortspült. Der Vater fotografiert alle. Die Kinder knien vor ihrem Werk, der Größe nach, die Mutter steht lächelnd daneben. In der tief stehenden Sonne werfen sie lange Schatten, das Meer hinter ihnen golden-weiß.

Es ist kalt geworden, und sie packen zusammen, gehen über die Düne zurück, aus dem Wind in den stillen Kiefernwald, ins Auto. Die Heckklappe öffnet sich zischend, und der Junge klettert hinein.

Erst verschwinden die Dünen, dann die Bäume. Es wird dunkel, und sie sind wieder auf der großen Straße. Unter dem Jungen dröhnen die Reifen auf dem Asphalt, und er legt den Kopf auf den Handtuchstapel neben ihm, der noch feucht ist, noch nach Sonne riecht. Seine Haut spannt und ist warm, und er hört seinen Brüdern und seiner Schwester zu, die auf dem Rücksitz hinter ihm leise reden.

Sand ist in seinen Schuhen, zwischen den Zehen, in seinen Taschen. Der graue Teppich des Kofferraums da und dort weiß bestäubt. Ein Knirschen in dem Sandwich, das seine Mutter ihm für die Heimfahrt gegeben hat.

Wenn er die Augen schließt, sieht er die tote Robbe. Im Dunkeln jetzt, doch der Sand ist noch hell und der Wind weht noch. Die Augen, die ihm über das Wasser zublinzeln, sind groß und schwarz und nass, und die Laute von der Sandbank her klingen wie Weinen.

GASSE MIT KNICK

Die Familie – der Junge, seine Mutter und sein Vater – ist kurz vor seiner Geburt in die Gasse gezogen, und er kennt kein anderes Zuhause. Inzwischen ist er drei und kann sprechen. Und mit seiner Mutter zu den Läden am einen Ende der Gasse laufen, zum Kindergarten am anderen. Zum Spielplatz oder auf den Markt wird er noch im Buggy geschoben. Die Straße macht am weiter entfernten Ende einen Knick, mündet in eine Sackgasse, und dort sind die Rutschen und Schaukeln und einmal in der Woche die Gemüsestände. Nicht weit von der Wohnung – die werdenden Eltern freuten sich darüber, als sie hierher zogen –, aber noch zu weit, als dass die Beine eines gerade Dreijährigen ihn dorthin und wieder zurück tragen könnten. Auf dem Heimweg schläft er im Wagen. Die Lippen im Schlummer leicht geöffnet, der Kopf zur Seite hängend. Wenn seine Mutter ihn wieder aufrichtet, wacht er halb auf, Tütenrascheln in den Ohren, das Blickfeld aus den nicht ganz geschlossenen Augen von blau-weißen, rot-weißen Plastikstreifen begrenzt. Die Tüten voll gestopft mit Tomaten Süßkartoffeln Lauch Bananen und für die Fahrt nach Hause an die Buggygriffe gehängt.

Seine Mutter sagt

– Wir haben großes Glück.

Kindergarten, Läden, Arztpraxis, Leihbücherei.

– Alles, was wir brauchen, es ist alles da.

Und wenn sein Vater von der Arbeit kommt und ihn in der Wohnung im zweiten Stock zum Fenster hochhebt, kann der Junge auch fast alles sehen.

– Befördert!

Sein Vater steht mit Blumen im Flur. Früh zu Hause, überglücklich. Lächelnd sagt er zu seinem Sohn, wie wunderbar das ist.

– Wollen wir ausgehen, Clare? Essen?

Seine Mutter zieht die größte Blüte aus dem Strauß und steckt sie sich hinters Ohr. Lacht.

– Was meinst du?

Zum ersten Mal gehen sie alle zusammen aus, essen beim Inder auf der anderen Straßenseite. Die Sonne geht unter, die Straßenlaternen brennen, und für den Heimweg brauchen sie nur drei Minuten, der Junge zwischen seinen Eltern, Füße auf dem Asphalt, Arme hochgestreckt und weit auseinander. Die Mutter hält ihn an einer Hand, der Vater an der anderen, und sie schwingen ihn hoch über die durchgezogene gelbe Linie, den grauen Bordstein, die Risse im Bürgersteig, die Bonbonpapiere, zu ihrer Haustür.

Vielleicht sagen sie es ihm an diesem Abend, ihrem Sohn: dass sie umziehen werden. Vielleicht in dem Restaurant oder auch an einem Abend in der Woche darauf. Beim Essen oder beim Baden, oder am Morgen, wenn er früh aufsteht und zu ihnen ins Bett klettert. Ein belangloser

Moment, der ohne Aufregung verläuft, ein kleiner Abschnitt im größeren gewohnten Ablauf.

Bei jedem neuen Job, alle zwei Jahre etwa, ist es so weit. Elf Jahre zusammen und fünf Wohnungen, in der Gasse mit dem Knick waren sie weitaus am längsten. Die Beförderung bedeutet eine andere Abteilung, ab sofort. Am anderen Ende der Stadt, eine lange Bahnfahrt, und wenn sie nicht umziehen, wird der Junge seinen Vater kaum noch sehen. Außerdem gibt es dort bessere Schulen, sauberere Straßen mit weniger Verkehr, mehr Grünflächen.

Als sie am Mittag vom Kindergarten nach Hause kommen, beschließt die Mutter, mit ihrem Sohn in den obersten Stock zu gehen. Das Haus hat sechs Etagen. Nicht gerade ein Hochhaus, aber sie erinnert sich, dass man aus dem letzten Treppenhausfenster über die Dächer im Osten sehen kann. Sie waren oben, sie und ihr Mann, als die Stadt ihnen die Wohnung anbot. Es war ein sonniger Tag, der Himmel klar, und sie schauten lange hinaus: die roten Dachziegel gegen das Blau.

– Es ist eine Überraschung, Schatz.

Sie will ihrem Sohn zeigen, wo sie hinziehen werden.

Das Treppenhaus ist am Morgen geputzt worden. Gerüche nach Desinfektionsmittel und Mittagessen. Sie macht das Treppensteigen zum Spiel, läuft zu jedem Absatz mit ihrem Sohn um die Wette und lässt ihn gewinnen. Im dritten Stock schauen sie hinaus, aber der Blick ist nicht viel anders als bei ihnen unten. Im vierten sagt sie

– Sieh mal, von hier aus kann man die nächste Straße sehen.

– Unsere aber nicht.

Und ihr Sohn drückt die Wange an die Scheibe, versucht hinunterzuschauen, doch der Winkel ist zu steil.

Im fünften Stock will der Junge nicht mehr um die Wette laufen, und so kommt seine Mutter als Erste im sechsten an. Sie kann weiter schauen, als sie es in Erinnerung hatte: zum Schornstein des Krankenhauses und zur Moschee hinüber, die dunkelbraune Linie der Gleise entlang, auf denen ihr Mann jetzt immer zur Arbeit fährt. Sie hebt ihren Sohn zum Fenster hoch, zeigt und beschreibt. Seine Augen folgen ihren Fingern und Worten, und sie genießt die Berührung seines Atems an ihrem Gesicht, sein Gewicht in ihren Armen.

– Siehst du?

Und er nickt, und sie stehen da, Stirn und Fingerspitzen an das Glas gedrückt. Es ist nicht so blau heute, die Ziegel sind nicht so rot. Aber trotzdem, denkt sie. Es ist trotzdem ein schöner Blick.

– Hübsch, nicht?

– Nein. Mir gefällt's nicht.

Der Junge schüttelt den Kopf.

Seine Mutter sieht sich um, was sie ihm noch Schönes zeigen könnte, aber er drängt gegen ihre Arme, und sie muss ihn absetzen.

Sie ist natürlich traurig, dass ihrem Sohn die Überraschung nicht gefallen hat, aber sie kennt ihn und weiß, dass er wie alle Kinder müde, missmutige Tage hat. Vielleicht brütet er etwas aus, denkt sie: Am Abend isst er nicht viel, und später beim Baden weint er.

Beim Frühstück ist von Wohnungstausch die Rede, von Wohnungsbaugesellschaften und neuen Kindergärten. Der Junge beobachtet seine Eltern, schiebt die Bananenscheiben auf seinem Toast hin und her. Seine Mutter sagt

– Komm, Schatz, iss bitte dein Frühstück.

Aber er isst nicht, und jetzt hört sie ihrem Mann nur noch mit halbem Ohr zu, achtet fast nur noch auf ihren Sohn.

– Möchtest du vielleicht Honig? Auf die Banane?

Der Junge zuckt die Schultern, und jetzt beobachtet sein Vater die beiden, Frau und Sohn.

– Oder Erdnussbutter?

– Clare?

– Ja, entschuldige. Ich hör dir zu. Ich glaub nur, er fühlt sich nicht wohl.

– Ich muss los.

– Erdnussbutter.

Der Junge geht um den Tisch herum und schiebt dabei den Teller vor sich her, lehnt sich an seine Mutter, während sie Erdnussbutter auf seinen Toast streicht, die Banane hineindrückt und dann Honig darüber gibt. Sein Vater hat inzwischen Schuhe und Jacke an.

– Dann reden wir heute Abend darüber?

– Ja, versprochen. Heute Abend.

Sie lächeln, küssen sich zum Abschied, zwei-, dreimal, und der Junge klettert zwischen ihnen auf den Schoß seiner Mutter. Den Mund voll Banane Honig Erdnussbutter Toast Frühstück, Gesicht und Stimme klebrig.

– Ich will nicht umziehen.

Sie haben ein Morgenritual. Aus dem Fenster im zweiten Stock Dad nachschauen, wenn er zur Arbeit geht. Nach dem Frühstück und vor dem Zähneputzen, Mutter und Sohn. An dem Knick bleibt er immer stehen und winkt ihnen zu, bevor er um die Ecke biegt. Er kann sie natürlich nicht sehen, nicht aus dieser Entfernung und bei dem Winkel ohnehin nicht. Aber er weiß, dass sie ihm nachschauen, er findet es schön, und so winkt er jedes Mal, jeden Tag.

An diesem Morgen aber isst der Junge sein Frühstück sehr langsam. Und als seine Mutter ihn an der Hand nehmen und mit ihm ins Wohnzimmer gehen will, beachtet er sie nicht. Eine Weile bleibt sie stehen und schaut ihm beim Kauen zu, dann beschließt sie, nichts zu erzwingen, und füllt die Waschmaschine. Und so winkt und lächelt sein Vater und ihr Mann an dem Knick niemandem zu, bevor er den Spielplatz überquert, den kleinen Weg zum Bahnhof hinuntergeht und zur Arbeit fährt.

Inzwischen stehen sie auf Wartelisten, und mit der Post kommen Prospekte. Neue Wohnsiedlungen mit günstigen Bahnverbindungen, gute Grundschulen. Jeden Morgen, wenn die Mutter ihren Sohn in den Kindergarten bringt, leert sie den Briefkasten. Sie geht nicht gleich wieder nach Hause, sondern setzt sich mit den dicken Umschlägen in das Café weiter vorn. Ihr täglicher Luxus. Milchkaffee und Träume von dem, was sein könnte. Bald.

Kugelschreiberkreuze neben den Angeboten, die sie besonders interessieren: Sie nimmt sie mit nach Hause, breitet den Stadtplan auf dem Wohnzimmerboden aus. Die Maisonette mit Garten liegt in der Nähe einer Schule und eines Parks. Zwei Krankenhäuser in der Umgebung, sie könnte also wieder arbeiten. Erst als Aushilfe vielleicht, später dann, wenn ihr Sohn in die Schule kommt, mit einer regulären Tagschicht.

Nach dem Essen, nach seinem Mittagsschlaf, legt sie sich zu ihrem Sohn aufs Bett.

– Was wollen wir heute Nachmittag machen?

– Schaukeln.

Sie lächelt.

– Ich hab einen neuen Park mit Schaukeln und einem Teich entdeckt. Willst du ihn auf dem Stadtplan sehen?

Sie trägt ihn – sein Körper noch schlafwarm – ins Wohnzimmer und zeigt ihm die Linien im Stadtzentrum, die ihre und all die anderen Straßen ringsum darstellen. Spinnwebartige schwarze Umrisse, mit Hellgelb, Rosa und Grün ausgefüllt. Sie nimmt seine Hand und folgt der Gasse, fährt mit seinem Finger auf ihr entlang und um den Knick herum. Dann schweben ihre Hände zusammen über der Hauptdurchgangsstraße in die Innenstadt, und sie sagt

– Wir könnten heute sogar mit der Bahn zu dem neuen Park fahren. Oder mit dem Dreiundsiebziger. Die ganze Strecke. Schau.

Mit ihrem und seinem Arm setzt sie zu dem weiten

Bogen an, von der Gasse zu dem Vorort, in dem die Maisonette-Wohnung liegt, aber ihr Sohn schreit und zieht seine Hand weg.

– Nein!

Er ballt die Hand zur Faust, drückt sie an seine Brust, klemmt sie dann in die Achselhöhle.

– Das war komisch, Mark.

Um morgens Zeit zu sparen, rasiert sich ihr Mann jetzt abends. Sie sitzt auf dem Badewannenrand und schaut zu.

– Als hätte ich ihm wehgetan oder so, dabei hab ich nur seine Hand gehalten.

– Er wird sich schon daran gewöhnen, Liebes. Er ist erst drei. Zwei Wochen in der neuen Wohnung, und er hat die Gasse hier vergessen.

– Wahrscheinlich.

– Ganz bestimmt. Am Samstag fahren wir zusammen hin, dann sieht er den Garten und den Park, und alles ist gut.

Doch am Samstag will sich der Junge nicht anziehen lassen. Und als die Mutter sagt, dass sie ihn dann im Schlafanzug mit zu der neuen Wohnung nehmen, schreit er, bis er kaum noch Luft bekommt. Sie wollen es nach dem Mittagessen noch einmal versuchen, rufen die Wohnungsbaugesellschaft an. Aber am Nachmittag derselbe gellende Protest, und am Sonntagmorgen ebenfalls.

– Dann nächstes Wochenende.

Doch am nächsten Wochenende ist der Junge krank. Eine Erkältung nur, aber sie zieht sich über eine Woche hin, keiner kann richtig schlafen, und neue Prospekte stapeln sich, die Umschläge ungeöffnet, der Inhalt ungelesen.

Freier Tag, Hochzeitstag. Sie bringen ihren Sohn zusammen in den Kindergarten und gehen dann wieder ins Bett. Später Vormittag, und Mann und Frau schlendern Hand in Hand die Gasse entlang. Sie kauft Wein und Oliven, er wählt als Überraschung für seinen Sohn eine reife Mango aus. Als sie ihn am Mittag abholen, gratulieren die anderen Eltern lächelnd: Ihr Sohn hat es der Kindergärtnerin erzählt, hat eine Karte für sie gebastelt.

Abend, Flasche geöffnet auf dem Küchentisch, Kind schlafend im Bett. Die Eltern bleiben lange auf, sprechen von Vergangenheit und Zukunft, Küchenlampe aus, Flurlicht an, Lippen und Zähne dunkel vom Wein.

– Vielleicht sollten wir's noch mal versuchen, was meinst du?

Sie sehen sich von neuem die Prospekte an, die Klebstoff-und-Seidenpapier-Karte ihres Sohnes.

– Redest du mit ihm, Liebes?

– Ja.

Und sie lächeln einander zu, lächeln dem weindunklen Lächeln des anderen zu.

Doch ihr Sohn verzieht böse das Gesicht und tritt gegen die Stuhlbeine, als seine Mutter mit ihm redet. Hält sich die Ohren zu. Und als sie ihm die Prospekte mit den Bildern zeigt, schlägt er sie weg, Kopf vorgereckt, Hände zu Fäusten geballt.

– Was hast du denn?

Der Vater des Jungen bewährt sich auf seiner neuen Stelle. Eine Gehaltserhöhung schon, nach nur zwei Monaten. Sie haben mehr Geld, weniger Schulden, aber auch weniger Zeit füreinander. Die Bahn ist langsam, und wenn der Vater den Zug verpasst, kommt er erst nach Hause, wenn sein Sohn schon im Bett liegt. Er vermisst ihn.

Zum Ausgleich stehen sie früher auf: Familienzeit ist jetzt das Frühstück, Mutter und Sohn im Schlafanzug, Vater fertig angezogen. Es wird Winter, es ist noch dunkel draußen, wenn sie Toast und Tee machen – eine müde, schweigsame Mahlzeit.

Die Mutter des Jungen steht am Fenster, schaut ihrem Mann bis zu dem Knick nach, flüstert ihrem Sohn zu

– Es wäre so viel schöner für Daddy. Für uns alle. Wenn wir ein bisschen näher wohnen würden. Meinst du nicht auch?

Und noch während sie es sagt, macht er sich in ihren Armen steif, und sie spürt sein verändertes Atmen.

Sie setzt ihn ab, geht neben ihm in die Hocke.

– Was ist denn, Schatz? Bitte sag's mir.

Aber er sieht sie nicht an. Gesicht starr, Knie durchgedrückt, Finger wie Klauen.

Seine Mutter sagt ihrem Mann nichts, lässt sich einen Termin geben und geht mit ihrem Sohn zur Ärztin.

– Das ist nicht normal. Es kommt mir einfach nicht wie ein normales Verhalten vor.

Die Ärztin hört geistesabwesend zu, beobachtet den Jungen, der seine Mutter beobachtet.

– Alle Kinder haben Phasen, in denen sie sich unsicher fühlen.

Seine Mutter ist verärgert, aber auch beschämt. Vielleicht besteht ja gar kein Grund zur Sorge. Sie ruft eine Freundin an, die sagt, ach Gott, ja, eine Ewigkeit ist das her, und natürlich kannst du vorbeikommen. Nach dem Mittagessen setzt sie ihren Sohn in den Buggy und schiebt ihn über den Markt zu den Schaukeln. Doch als sie am Spielplatz vorbeikommen, fängt er an zu weinen, und am Ende der Gasse werden seine Tränen zu leisen Schreien. Seine Mutter bleibt stehen.

– Bitte nicht.

Aber die Lautstärke nimmt zu, und ihr Sohn windet sich, wirft sich gegen die Gurte. Sein Gesichtchen verzerrt, weiß. Sein Mund rot und laut. Sie hebt ihn aus dem Wagen, drückt ihn an sich.

– Bitte, Schatz. Hör auf.

Sein Körper ist hart an ihrem, die Glieder steif. Sie spürt sein Herz. Sieht die Mütter auf dem Spielplatz herschauen, die Leute auf dem Markt. Steht am Ende der Gasse, mit ihrem Jungen, der in ihren Armen nicht aufhören will zu schreien.

Als hätte er vor irgendetwas Angst.

– In der Gasse?

Der Junge liegt im Bett. Seine Mutter hat ihre Freundin angerufen, sich entschuldigt, jetzt ruft sie ihren Mann im Büro an.

– Es war wieder dasselbe Schreien.

– Aber vielleicht wegen etwas anderem.

– Nein. Ich weiß nicht. Kannst du kommen? Bitte.

Sie streiten sich, und sie legt auf. Steht am Wohnzimmerfenster, zieht die Vorhänge zu vor dem Blick aus dem zweiten Stock auf die Gasse mit dem Knick.

– Was ist denn, Schatz? Kannst du's mir nicht sagen? Es passiert dir doch nichts. Ich bin ja bei dir.

Aber es ist jetzt jedes Mal das Gleiche. Sobald sie aus der Gasse hinauswill, schreit er. Sie liest Bücher, ruft Freunde, Verwandte, Beratungsstellen an. Wenn sie zu Fuß gehen, macht er Arme und Beine steif. Im Wagen wirft er sich hin und her. Sie versucht es mit Vernunft, Bestechung, Strenge, Bitten. Sie kämpfen, Mutter und Sohn, und er gewinnt immer. Sie hält es nicht aus, wenn er sich in ihren Armen stocksteif macht. Kann es ihm nicht antun. Fürchtet das Schreien.

Ihr Mann hört sie am Telefon weinen. Abends zeigt sie ihm die Fingerspuren ihres Sohnes an ihren Armen.

– Er wollte nicht mit mir um die Ecke. Ich konnte ihn nicht dazu bewegen. Das war er. So hat er sich an meine Arme geklammert, siehst du?

Er betrachtet seinen schlafenden Sohn, nimmt ihn dann hoch, trägt ihn ins Schlafzimmer, und die Eltern legen sich im Laternendunkel mit ihrem Sohn zwischen sich hin.

– Du könntest auf deine alte Stelle zurück. Sie würden sie dir bestimmt wieder geben.

– Ich hab daran gedacht, Clare. Ich hab auch schon daran gedacht. Aber das ist keine Lösung.

– Nein, auf die Dauer nicht. Aber vielleicht braucht er einfach noch ein halbes Jahr oder so. Wenn wir ihm sagen, dass wir hier bleiben, geht es ihm vielleicht wieder besser.

– Das wissen wir nicht, Liebes. Oder?

Sie schweigt, weiß, dass er Recht hat. Es wäre auch keine Lösung, es wäre nur eine Lüge.

Der Junge ist dünn, seine Mutter auch. Von den anderen Eltern besorgte Blicke, von der Kindergärtnerin behutsame Fragen.

– Sie wissen ja. Wenn wir irgendetwas tun können.

Sie erzählt es ihrem Mann.

– Ich hätte heulen können. Ich hab mich bedankt.

Sie gehen erneut zu der Ärztin, zusammen diesmal, und sie hört aufmerksamer zu, sieht sich die blauen Flecke, die Ringe unter ihren Augen an.

– Ich habe einen Kollegen, der Ihnen vielleicht helfen kann.

Sie schreibt seine Telefonnummer auf, die Adresse. Sie warten noch eine Woche, hoffen weiter auf Besserung, dann rufen sie ihn an. Die Praxis ist am Stadtrand.

Ihr Mann leiht sich von einem Kollegen ein Auto. Von einem anderen einen Kindersitz. Er schnallt den Sitz auf dem Rücksitz fest, und seine Frau schaut aus dem Fenster im zweiten Stock zu. Wie er einen Moment neben dem Wagen stehen bleibt, murmelt, die Lippen bewegt. Die Stirn in Falten legt.

Sie fahren die Straße entlang, fort von dem Knick. Die

Mutter des Jungen vorn, ihr Mann am Steuer, Sohn hinten, hoch und aufrecht in dem hellen gepolsterten Kindersitz. Er kann aus allen Fenstern schauen, und sie macht sich Sorgen, überlegt, ob sie nicht wenigstens eine Seite zuhängen sollten. Mittagsverkehr, rote Ampeln, rote Busse und Bauarbeiten. Langsam fahren sie durch die Straßen der Innenstadt, und seine Mutter achtet auf eine Reaktion, ein Zucken. Ihr Sohn bewegt leise die Lippen, wirkt aber ruhig.

Sie sieht wieder nach vorn, schaut, wo sie sind, wirft einen Blick in den Stadtplan. Flüstert ihrem Mann zu

– Die dritte links.

Und ihr Mann sagt

– Er hat die Augen zu. Seine Augen sind zu, Liebes.

Er sieht in den Rückspiegel. Sie dreht sich zu ihrem Sohn um. Eben waren seine Augen noch offen, er hat hinausgeschaut, aber jetzt ist er blass und seine Augen sind fest geschlossen. Sie sieht ihren Mann an. Er fährt nur noch Schritttempo, den Kopf tief über das Lenkrad gebeugt. Sie glaubt, er könnte anfangen zu weinen.

– Halt an.

– Hier kann man nicht halten.

– Halt an.

– Hier ist absolutes Halteverbot, Clare. Das geht nicht.

Die Autos hinter ihnen hupen. Ein Hupkonzert. Die Seitenstraßen links sind mit Betonblöcken abgesperrt. In der Mitte der Straße rechts verläuft ein hohes eisernes Absperrgitter. Der Junge sitzt still hinten, Gesicht aschfahl, Finger und Füße zittern. Sein Vater flucht, seine

Mutter öffnet ihren Sicherheitsgurt, dreht sich um und berührt ihn, seine kalten Hände und Beine. Seine Augen tanzen unter den Lidern, aber er reagiert nicht. Sie zieht sich hoch und über den Sitz, ihr Mann fährt weiter. Die Leute in den anderen Autos hupen und überholen. Fahren langsam vorbei, schauen, wie die Mutter unbeholfen nach hinten klettert, zu ihrem in Panik erstarrten Sohn.

Sie löst seine Gurte, hebt ihn auf ihren Schoß, sein Kopf unter ihrem Kinn, der kleine Körper in ihren Armen. So sitzt sie, die Augen wie seine geschlossen.

Ihr Mann schaut im Rückspiegel nach hinten, schaut nach vorn auf die Straße, sucht eine Wendemöglichkeit.

Weihnachten kommt, und sie entschuldigen sich. Laden keine Verwandten ein, laden keine Freunde ein, lehnen Einladungen ab. Die Feiertage liegen in diesem Jahr zwischen zwei Wochenenden, und der Vater ist volle zwölf Tage zu Hause.

Anfangs ist es beengend, nur sie drei. In der Wohnung die meiste Zeit, aber sie gehen auch ins Café, wenn es geöffnet hat, und zu den Schaukeln, wenn es nicht regnet. Und dann gewöhnen sie sich daran. Reden nicht viel. Kochen, essen, spazieren gehen, schaukeln, schlafen, sitzen. Die Heizung hochgedreht, Weihnachtslieder im Radio, Spielsachen auf dem Boden, das Küchenfenster beschlagen.

In der Gasse ist es ruhiger als sonst. Familien verreist, Läden und Restaurants geschlossen, noch über den zweiten Feiertag hinaus. Sie schlendern an den flittergeschmückten Auslagen vorbei, der Junge zwischen seinen Eltern, Hand in Hand in Hand. Auf dem nassen, mit Kaugummis gesprenkelten Bürgersteig, über den leeren Marktplatz mit seinen Zigarettenkippen und Pfützen. Es wird kalt, und sie tragen dicke Jacken, Schals, Mützen, spüren die Hände der anderen durch Faust- und Fingerhandschuhschichten.

Morgens wachen sie zusammen auf, die drei, blinzeln einander an. Zu warm unter der Steppdecke, aber keiner von ihnen denkt daran aufzustehen.

Irgendwann um Neujahr gehen ihnen Brot und Milch aus. Der Laden bei den Schaukeln könnte geöffnet haben, doch als sie um den Knick biegen, sehen sie, dass die Rollläden geschlossen sind.

– Und das Geschäft gegenüber dem Bahnhof? Am Ende der Gasse.

– Bleibst du dann mit ihm hier? Schaukel so lange mit Daddy, Schatz. Ich komm gleich wieder.

Sein Vater schwingt den Jungen hoch hinauf, aber er schaut seiner Mutter nach, wie sie die Gasse hinuntergeht. Mit einem Auge nur, das Gesicht halb in der Anorakkapuze.

– Sie kommt sofort wieder.

Sein Dad hält die Schaukel an, und der Sohn rutscht hinunter, rennt zum Anfang der Gasse, bleibt stehen. Seine Mutter ist um die Ecke verschwunden. Er dreht sich zu seinem Vater um.

– Schon gut. Sie geht nur schnell in den Laden.

Der Junge wendet sich wieder ab, macht zwei, drei Schritte in die Gasse hinein. Sein Vater hält sich bereit, wartet darauf, dass er stehen bleibt und schreit, aber er tut es nicht, er geht langsam weiter. Und als seine Mutter mit Brot und Milch in einer Tüte um die Ecke biegt, ist er schon halb die Gasse hinunter. Sie hält inne, schweigt einen Moment und sagt dann

– Hallo, du.

Die Eltern sehen sich von den Enden der Gasse her an. Helle Gesichter über dunklen Jacken, unter Mützen.

Ihr Sohn ist stehen geblieben. Er schaut von der Mutter zum Vater, von einem zum anderen, wirkt ängstlich, und sie gehen beide auf ihn zu, langsam, bemühen sich, nicht zu laufen.

Sie kochen und essen zusammen zu Abend, gehen zu Bett. Der Wintertag wie ein kleines, unverhofftes Geschenk.

Ihr Sohn hat gezittert, als sie ihn nach Hause trugen. Beide spürten sie seinen Atem, schnell und heftig, sahen die Haut um seine Augen, bläulich weiß.

Aber keiner bat ihn, beschwor ihn, zwang ihn.

Der Junge schläft, und seine Eltern liegen im Dunkeln, scheuen sich, davon zu reden, auch nur daran zu denken. Ängstlich, dankbar, wach.

BLAU

Der Junge kommt früh. Eigentlich ein junger Mann; älter als er aussieht. Weicher Flaum auf der Oberlippe, kein Hintern in der Hose. Er will die Schlüssel holen, in der Tasche zusammengeknüllte Zettel. Die Nachbarin geht mit ihm über den Treppenabsatz, möchte die Sache schnell hinter sich bringen. Der Junge besichtigt die Wohnung, ohne Eile, aber irgendetwas begeistert ihn. Man sieht es an seiner Haut. Die Wohnung ist ein Schneckenhaus mit Vorhängen. In der Küche hängen die Schränke an den Wänden.

– *Mit Malky alles klar?*

Der Junge nickt, die Nachbarin geht.

Kenny hatte nicht vor zu bleiben, er wollte die Wohnung erst renovieren, aber jetzt möchte er nicht mehr weg. Er legt seine Decken auf den Boden, nimmt die Vorhänge ab und wickelt sich in einer warmen Ecke hinein. Straßenlaternen fluten das Zimmer, das helle Karree des Fensters nimmt eine ganze Wand ein. Kenny liegt mit weit offenen Augen in seinem kratzigen, kuscheligen Vorhangnest.

Die ersten beiden Tage macht er die Wohnung gründlich sauber. Der Küchenboden verursacht ihm Brechreiz; der stinkende Dreck in den Ecken, mit heißer Seifenlauge voll gesogen. Er gibt Chlorbleiche in einen Eimer und macht sich an die Arbeit. Seine Hände jucken die ganze Nacht, aber der saubere Boden beflügelt ihn am nächsten Morgen, auch Wände und Fensterrahmen abzuschrubben. Am Nachmittag sammelt er bei Freunden und Verwandten Spenden. Seine Granny schenkt ihm eine alte Waschmaschine, von einem Freund seines Bruders bekommt er billig Kühlschrank und Herd.

Kennys Dad bringt ihm die Sachen mit einem gemieteten Transporter, und zusammen hieven sie alles die Treppe hinauf. Zwischen den Küchengeräten trinken sie Dosenbier und sehen mit dem tragbaren Fernseher von Kennys Mutter fern. Um Mitternacht schließen sie die Waschmaschine an und starten einen Probelauf mit den Vorhängen. Als die Maschine durchgelaufen ist, geht Kennys Dad nach Hause, zu blau, um noch den Transporter zu fahren.

In der dritten Nacht schläft Kenny tief und fest. Fenster offen, der Schlafsack seines Bruders ausgerollt, Nachtluft auf seiner Haut.

Am nächsten Morgen steigt Kenny durch den Dachboden aufs Dach und breitet die Vorhänge zum Trocknen aus, beschwert sie an den Ecken mit Halbsteinen. Er steht nicht sehr sicher auf den abschüssigen Ziegeln, genießt aber Höhe und Sonne. Er blickt eine Weile über die Stadt, verfolgt den Lauf des Flusses, erkennt markante Punkte. Noch nie hat er so nahe am Zentrum gewohnt.

– Was machst du da?

Ein Mädchen steht am Schornstein, Haare vom gleichen Rot wie die der Nachbarin von gegenüber. Die Sonne ist hinter ihrem Kopf, und Kenny kann sie nicht direkt ansehen.

– *Was machst du da?*

– Geht's dich was an?

– *Was machst du mit den Vorhängen?*

– Mir ein Nest bauen.

– *Was?*

– Vergiss es.

Das Mädchen tritt von einem Fuß auf den anderen, und da Kenny sie nicht beachtet, macht sie auf dem Absatz kehrt und geht wieder.

Kenny legt sich wieder hin, froh, seine Ruhe zu haben. Er gönnt sich ein Vormittagsnickerchen, zum Ausgleich für die kurze Nacht.

Ein paar Tage jobben, und er hat genug Geld für Wandfarbe und eine Matratze. Er findet Stühle, passend zu dem Tisch, den er aus einem Müllcontainer gezogen hat, und kauft Kochtöpfe und Pfannen, die er von seinem Scheck bezahlt. Kenny hat jetzt genug Sachen in der Wohnung, um ganz bequem darin zu leben. Ein wenig vermisst er die Leere, das Abenteuer des Improvisierens, aber Maria hätte wohl nicht viel dafür übrig. Er braucht Teppiche. Zwei Wochen ist er jetzt hier.

Er ruft sie von der Telefonzelle an der Ecke aus an, aber sie weiß es schon. Irgendjemand hat es irgendjemandem erzählt, der es jemand anderem erzählt hat, der es ihrer Schwester erzählt hat, die es ihr gestern erzählt hat. Mit Maria zu reden ist mühsam an diesem Abend, und Kenny kann nicht klar denken. Er hört sie Tee trinken, hört ihre

Ringe an die Tasse tippen, und das Geld geht ihm aus. Er lädt sie ein, beschreibt ihr beim Piepen in der Leitung den Weg. Kenny hängt ein und weiß nicht mehr, ob sie gesagt hat, dass sie kommt, oder nicht.

Die Glühbirne im Badezimmer ist kaputt, und er badet im Dunkeln. Hört die Leute im Stockwerk unter sich streiten. Sie machen weiter, bis das Wasser kalt wird. Er stellt die Heizung an, als er ins Bett geht, und wacht in der Nacht mit trockenem Mund und verklebten Augen auf. Die Leute unter ihm schreien sich wieder an, aber bevor sie damit aufhören, schläft Kenny wieder ein.

Der Tag ist endlos. Um Gesellschaft zu haben, lässt Kenny den Fernseher laufen. Er kauft Zutaten fürs Abendessen und eine Flasche Wein, doch dann fällt ihm ein, dass Maria vielleicht keinen Alkohol will, und er geht noch einmal los, um Orangensaft zu besorgen, für alle Fälle, und Kerzen, die er in einem sauberen Aschenbecher festtropft. Lange sitzt er auf dem Bett, dann geht er eine Zeitung kaufen, kann sich aber nicht konzentrieren. Er raucht zu viel und öffnet alle Fenster, um den Geruch zu vertreiben. Er versucht, ein Nickerchen zu machen, und sieht dann stattdessen fern. Kochen möchte er erst, wenn sie kommt, aber er ist am Verhungern. Er läuft los und holt Chips. Das Tageslicht schwindet. Wieder in der Wohnung, fürchtet er, Maria könnte inzwischen gekommen und wieder gegangen sein.

Als es klingelt, steht er nicht sofort auf. Er stellt sich an die Sprechanlage und zählt bis zehn, dann nimmt er den Hörer ab.

– *Ich bin's.*

– Okay.

Maria braucht eine Weile, bis sie oben ist. Vom zweiten Stock an kann Kenny sie über das Geländer hinweg beobachten. Seit über vier Wochen hat er sie nicht mehr gesehen, und jetzt merkt man es. Dünne Frau mit dickem Bauch. Sie geht wie seine Schwester, als sie schwanger war, nur hält sie sich gerade, und ihre Beine sehen gut aus. Sie verharrt auf dem Treppenabsatz und schaut herauf.

– Soll ich dir helfen?

– *Geht schon.*

Im obersten Stock angelangt, bleibt sie einen Moment vor ihm stehen, um Luft zu holen, und er weiß nicht, was er tun soll.

– *Kann ich reinkommen?*

Kenny ist stolz auf die Wohnung, die hell und sauber wirkt mit dem improvisierten Mobiliar. Er zeigt ihr alles, lässt sich Zeit in der Küche mit der Waschmaschine, beeilt sich im Schlafzimmer mit dem Doppelbett. Maria schweigt, nickt unverbindlich. Kenny hätte gern, dass sie ihn anlächelt und etwas Nettes sagt, zum Beispiel wie gut es ist, einen Gasherd zu haben.

– *Ich bin am Verhungern.*

Er bringt ihr schon einmal eine Tasse Tee und einen Keks, und während er kocht, sitzt sie bei ihm in der Küche. Er erkundigt sich nach ihrer Familie, und sie antwortet lächelnd, aber sie ist nicht freundlich. Lange Pausen entstehen, und Kenny tut so, als sei er vollauf mit dem Kochen beschäftigt. Er deckt den Tisch, und sie bleibt sitzen, die Hände auf dem Bauch gefaltet. Dann macht er den Wein auf, sagt aber, dass sie Orangensaft haben kann, wenn sie möchte, und sie sagt, ein Glas Wasser tut es auch.

– *Ich hab dich nicht um das alles gebeten.*

– Nein, ich weiß.

Das bringt ihn ein wenig aus der Fassung, aber Maria ist jetzt lockerer, und sie essen. Kenny trinkt Wein und fühlt sich etwas besser.

– Ich wollte es selbst.

Maria nickt, schaut aber aus dem Fenster. Er glaubt, sie könnte ihn auslachen, doch der Moment geht vorüber. Er löffelt die Pfirsiche aus der Dose in Schalen, und sie tun sich Eis auf. Sie trinkt ein paar Schlucke von seinem Wein, ohne ihn zu fragen, und dann nimmt sie die Pfirsichdose, gibt Eis in den Saftrest und isst es aus der Dose, auf ihrem Stuhl zurückgelehnt. Sie erzählt von ihrer Arbeit, von Freunden, er erzählt von seiner Familie, und keiner von beiden erwähnt die Wohnung oder das Baby.

Maria sagt, sie möchte fernsehen, aber als sie sieht, dass man nur auf dem Doppelbett sitzen kann, überlegt sie es sich anders. Sie stehen in dem engen Flur, beide verlegen, und dann sagt Maria, sie will nach Hause.

Kenny hilft ihr ins Taxi. Auf dem Rücksitz sieht Maria wie ein Kind aus. Ein kleines Mädchen, das sich ein Kissen unters Kleid gestopft hat. Sie lächelt ihm zu, und dann ist sie weg.

Kenny liegt in der Badewanne und kann nicht weinen. Er holt die Kerzen ins Badezimmer, zieht eine nasse Spur durch die Wohnung. Er trinkt den Rest Wein aus, dreht sich einen feuchten Joint, der schwer zu rauchen, aber jetzt genau das Richtige ist, und bis zum Morgen kann er alles vergessen.

Es ist Sonntag, und er geht zum Essen zu seiner Mutter. Er isst eine Menge und hilft seinem Vater beim Abwasch, dann schläft er auf dem Sofa vor der Sportschau ein. Seine Mutter fragt, ob er über Nacht bleiben will, aber er ist zu alt, um in einem Etagenbett zu schlafen, und so kehrt er in die Wohnung zurück. Unterwegs kauft er Bier, und dann lässt er sich voll laufen, sodass er alles noch ein bisschen länger vergessen kann.

Kenny verbringt einen Tag im Bett. Dann meldet er sich auf dem Arbeitsamt. Er jobbt einen Tag bei seinem Schwager, bekommt dafür ein Sofa und Farbe. Er streicht alle Türen in der Wohnung und nimmt die Fußleisten in Angriff. Dann ruft er Maria an.

Sie scheint sich zu freuen, und sie plaudern eine Weile über dies und jenes. Ihr Dad habe wieder Arbeit, erzählt sie, und er sagt, das sei ja wirklich schön, es seien ja fast drei Jahre gewesen, oder?, und sie sagt, länger. Kenny kann hören, dass sie lächelt, als sie erzählt, wie froh ihre Mutter ist und dass jetzt alles leichter wird. Da muss er auch lächeln und vergisst darüber, richtig zuzuhören, sodass er es fast nicht mitbekommt, als Maria sagt, sie würde ihn gern morgen Abend besuchen. Er sagt, schön, und dann verabschieden sie sich, und schon ist Kenny wieder in der Wohnung. Er setzt sich in die Küche und starrt auf den Fernseher.

Es ist schon spät, als er aufwacht. Er badet und putzt

die Fenster. Da er nicht wie letztes Mal dasitzen und warten will, geht er in einem Park spazieren, was er sonst nie tun würde. Dann fährt er mit einem Bus durchs Stadtzentrum, setzt sich aufs Oberdeck. Auf der Rückfahrt steigt er am Fluss aus und geht über eine der Brücken. Es ist Spätnachmittag, als er am anderen Ufer ankommt, und er stellt fest, dass er nicht mehr genug Geld hat, um fürs Abendessen einzukaufen. Er fährt mit dem Bus zu seiner Mutter, um sich einen Zehner von ihr zu leihen, bis er seinen Scheck bekommt. Sie ist gekränkt, weil er es eilig hat, und er verspricht ihr, am Sonntag zum Mittagessen zu kommen.

Maria sitzt auf der Stufe vor seiner Haustür, aber sie ist nicht böse. Sagt, dass sie zu früh dran war, sich gedacht hat, da wartet sie eben ein bisschen. Sie scheint erleichtert.

Sie kochen zusammen und essen in der Küche, ohne viel zu reden, finden es aber sehr gemütlich. Es wird dunkel, und sie spülen das Geschirr, und dann sagt Maria, sie hat so Lust auf Schokolade.

Als er aus dem Laden zurückkommt, liegt sie auf dem Bett. Er wirft die Süßigkeiten auf die Matratze und setzt sich neben sie. Sie trinkt von seinem Bier und isst ihre Pralinen, sie sehen sich einen Film an, und sie schläft ein. Er betrachtet lange ihren Bauch, ihre Brüste, ihre Beine, dann deckt er sie zu und legt sich zum Schlafen aufs Sofa. Er hört sie aufstehen und zur Toilette gehen, aber sie kommt nicht ins Wohnzimmer, und so geht er auch nicht ins Schlafzimmer.

Sie bleibt zum Frühstück und hilft ihm die Fußleisten

fertig streichen, aber nach dem Mittagessen geht sie nach Hause. Kenny spült das Geschirr, und dann badet er und denkt an Maria. An die vielen Male, die sie miteinander geschlafen haben, und dass er nicht weiß, ob es jetzt noch gut wäre, aber er möchte es trotzdem, und er hofft, sie auch. Er ist schon einen Monat in der Wohnung.

Es ist Samstag, er hat kein Geld, und so bleibt er den ganzen Tag im Bett und sieht fern, denkt dabei aber die meiste Zeit an Maria. Bald muss er die Miete zahlen. Und er braucht Geld für Essen, Kippen, den Bus. Wenn das Baby kommt, wird es zehnmal so viel sein. Auf der Rückseite eines Briefumschlags stellt er Berechnungen an, und heraus kommt, dass er einen Job braucht. Das Sonntagsessen morgen: Er wird seinen Schwager fragen.

Sein Schwager sagt, er wird seinen Chef fragen, kann aber nichts versprechen. Seine Schwester sagt, er soll in die Zeitung schauen wie jeder andere auch, und sein Dad sagt, sie soll den Mund halten. Das tut sie eine Weile, und sie essen, aber dann sagt sie, Kenny hätte Maria gar nicht erst schwängern dürfen, vor allem, wenn er keinen Job hat, und Kennys Dad schnauzt sie an. Kennys Mum verlässt das Zimmer, und dann wird Kennys Dad wütend, und Kennys Schwager isst einfach weiter, und Kenny denkt, so wäre ich auch, wenn ich mit Maria verheiratet wäre und es gäbe Krach in der Familie. Er muss die Miete zahlen, und er schuldet seiner Mum einen Zehner, und er weiß, dass sie sich Sorgen macht, und er muss jeden Bissen zwanzigmal kauen, um nicht die Teller durchs Zimmer zu schmeißen. Rosenkohl im Teppich, Bratensoße an den Wänden.

Kennys Dad kommt vorbei und nimmt ihn mit zur Arbeit. Nur gibt es dort nichts zu tun für ihn, und Kenny denkt, dass ihn sein Dad wahrscheinlich aus eigener Tasche bezahlt, was das Gleiche wäre, als würde er seiner Mum fünf Zehner wegnehmen und einen wieder zurückgeben. Nach dem zweiten Tag sagt er seinem Dad, dass er woanders Arbeit gefunden hat. Kennys Dad weiß, dass er lügt, und Kenny weiß, dass er es weiß.

Er geht zum Arbeitsamt. Zahlt die Miete, gibt seinem Dad einen Zehner für seine Mum, besorgt sich eine Tüte Fünfzig-Cent-Münzen fürs Telefonieren und kauft einen Wochenvorrat Brot und Bohnen. Er holt sich jeden Morgen die Zeitung und geht mit einem Stapel Münzen in die Telefonzelle, um nach Jobs zu fragen, findet aber keinen. Es regnet ziemlich viel in dieser Woche, und Kenny wünscht, er hätte ein Telefon, dann könnte Maria ihn anrufen, und er müsste nicht jedes Mal seinen Stolz hinunterschlucken. Er hält übers Wochenende durch, und dann, am Sonntagabend, klingelt es.

Diesmal geht Kenny hinunter und leistet Maria beim Treppensteigen Gesellschaft. Sie ist wieder ein bisschen dicker, und sie sieht gut aus, sogar in dem feuchten Treppenhaus.

Schon nach kurzer Zeit legen sie sich aufs Bett und schalten den Fernseher ein, machen aber kein Licht. Es wird dunkler im Zimmer, und sie kriechen unter die Steppdecke, wo es warm ist, und Kenny spürt Marias Beine an seinen, ihren Bauch, an seine Rippen gepresst. Sie teilen sich eine Dose Bier und bleiben so, bis es spät ist und sie beide schläfrig werden. Maria rutscht an den Rand der Matratze und zieht sich Hose und Socken aus. Den Slip lässt sie an, aber ihren BH zieht sie unter dem T-Shirt aus. Dann schlüpft sie wieder unter die Decke. Kenny strampelt seine Jeans weg und schaltet den Fernseher aus. Es ist still und dunkel im Zimmer, und eine Zeit lang bewegt sich keiner von beiden. Kenny muss dringend pinkeln, aber womöglich schläft Maria ein, während er draußen ist. Er legt die Hand auf ihren Arm. Sie atmet gleichmäßig und regt sich nicht. Kenny steht leise auf und geht ins Bad.

Er pinkelt im Dunkeln, putzt sich die Zähne und nimmt sich vor, am Morgen mit ihr zu reden.

Maria dreht sich zu ihm um, als er wieder unter die Decke schlüpft, und legt ihm die Hand auf den Bauch. Er berührt ihre Finger und streichelt ihren Arm, und dann dreht er sich auf die Seite und streichelt ihren Rücken. Er kann sie im Dunkeln nicht sehen, aber er weiß, dass sie die Augen offen hat. Er küsst sie, und sie legt die Hand auf seine Brust. Kenny zieht sein T-Shirt aus, und dann zieht er auch ihres aus. Sie ist befangen, aber er findet sie schön.

Er ist nicht müde. Er fragt sich, ob es richtig war. Sie sagt nichts, liegt ganz still neben ihm. Nach einer Weile dreht sie sich auf die Seite und schläft ein. Etwas später dreht sie sich auf die andere Seite, mit dem Rücken zu ihm. Dann schläft auch Kenny ein.

Am Morgen macht er Frühstück, und sie essen im Bett. Während Maria badet, liest Kenny die Zeitung. Sein Bruder kommt mit Farbe und ein paar Gramm Haschisch. Sie flüstern in dem engen Flur, damit Maria sie nicht hört.

Kennys Bruder lächelt, tätschelt ihm den Ellenbogen und sagt, er lässt sie jetzt allein.

Maria legt sich wieder ins Bett, um Zeitung zu lesen, und Kenny fängt mit dem Badezimmer an. Nach einer Weile bringt sie ihm eine Tasse Tee, und er fragt sie, ob ihr die Farbe gefällt. Sie nickt, zuckt die Schultern.

– Wie wollen wir das große Zimmer streichen?

– *Blau.*

– Wenn es ein Junge wird.

– *Ja. Egal.*

Nach einer Weile kommt sie wieder herein, im Mantel. Von dem Farbgeruch werde ihr ein bisschen schlecht, sie habe gedacht, sie macht einen Spaziergang, holt Milch.

Kenny wartet.

Er macht kein Licht, als es dunkel wird, und kocht sich kein Abendessen, er liegt einfach nur im Bett. Er kann nicht weinen, und er kann nicht schlafen. Er liegt ganz still und raucht das Haschisch von seinem Bruder.

Am Ende der Woche löst Kenny seinen Scheck ein und streicht das Wohnzimmer blau.

Er geht zur Telefonzelle und ruft seinen Bruder an, um zu fragen, ob er bei ihm übernachten kann. Er ruft seine Mum an und sagt, dass er am Sonntag nicht zum Essen kommt, sie aber bald besucht. Früher Abend, Kenny gibt der Nachbarin die Schlüssel zurück und geht zwischen den Häusern durch zur Hauptstraße.

ARCHITEKT

Der Architekt war jung und enthusiastisch, energiegeladen und ehrgeizig. Er hatte eine stille Leidenschaft für Raum, für Dimensionen, für Ehrfurchtgebietendes. Für Komfort, für Pracht, für Leichtigkeit. Diese Leidenschaft war ungetrübt von pragmatischen Dingen wie Feuerleitern, Minimalanforderungen an sanitäre Anlagen, kostengünstigen Baustoffen und optimalen Parklösungen.

Die Entwürfe des Architekten waren ungewöhnlich. Seine Zeichnungen und seine liebenswerte Art irgendwie nicht voneinander zu trennen. Bürokraten mit Baumillionen kämmten sich vor einer Besprechung mit ihm die Haare und fuhren prüfend mit der Zunge über ihre Zahnprothesen. Kunden, die sich in seine Entwürfe verliebten, verliebten sich unfehlbar auch in ihn.

Kurze Artikel erschienen bereits in Fachzeitschriften, respektvoll in ihrem Urteil. Der Architekt ging einen ganz eigenen Weg und hielt sich für einen glücklichen Menschen: Der Erfolg mit all seinen großen Gesten schien, wenn auch noch fern, doch unausweichlich.

Doch heute ist es anders.

Die ganze Woche über hat sich der Architekt abgemüht, aber das Ergebnis steht in keinem Verhältnis zu seinen Erwartungen, und er hat an jedem Strich, den er gezeichnet hat, etwas auszusetzen. Doch obwohl er jeden einzelnen Fehler benennen kann, ist er unfähig, Verbesserungen anzubringen.

Das ist ihm noch nie passiert, und er will sich dadurch nicht beunruhigen lassen.

Ein anderes Projekt erfordert seine Aufmerksamkeit. Etwas Simples: Ein neuer Entwurf für den Parkplatz. Zwölf Stellflächen für die Unternehmensführung werden benötigt statt zehn. Er lässt sich dafür drei Arbeitstage Zeit. Auf den ersten Blick nicht der Rede wert, doch sein Chef ist irritiert. Verstimmt sogar, auch wenn er es nicht zeigt. Die Partner sprechen beim Mittagessen im Pub über den Architekten, die Sekretärinnen tun ihm neuerdings mitfühlend Zucker in den Kaffee und verstummen, wenn er vorbeigeht.

Kein Problem, sagt sich der Architekt, er braucht nur eine Pause. Er ruft seinen Bruder an und fährt übers Wochenende zu ihm. Sie sind betrunken, sie sind nüchtern. Sie reden über Frauen, Politik, begraben einen alten Groll, nehmen sich wieder einmal vor, ihren Vater öfter zu besuchen. Beide freuen sich über die gemeinsam verbrachte Zeit.

Unterdessen vergehen die Wochen, und der Architekt arbeitet viel. Überstunden und wenig Zeit zum Grübeln, zum Nachsinnen. Als er von einer Konferenz zurückkommt, liest er zum ersten Mal seit Tagen wieder Zeitung. Auf der Titelseite ein neues öffentliches Gebäude. Die halbe Welt wirft entsetzt die Arme hoch, die andere Hälfte applaudiert. Der Architekt überfliegt den Artikel nur, will nicht wahrhaben, dass er keine Meinung dazu hat.

Es wird Abend, und er riskiert einen zweiten Blick in

die Zeitung. Der Bau ist ein Rätsel für ihn, eine Form. Maßstab, Proportionen, Qualität vermag er nicht einzuschätzen. Sein geistiges Auge sieht das Gebäude nicht von innen. In seinem Bauch bildet sich eine kalte Wolke. Er kocht sich etwas zu essen und sieht fern.

Im Büro hat man zwei eklatante Fehler in einem Aufriss aus jüngster Zeit entdeckt. Der Chef will den Architekten sprechen. Er zieht sich auf die Toilette der Partner zurück, um nachzudenken. Der Aufriss ist davor entstanden. Wovor? Davor.

Er wechselt jetzt die Straßenseite, um Baustellen zu meiden. Er nimmt Urlaub. Freunden sagt er am Telefon, er wolle seinen eigenen Interessen nachgehen.

Er hört von den Erfolgen anderer, empfindet zum ersten Mal Bitterkeit. Er möchte sich anvertrauen. Wenn ich mit irgendjemandem darüber lachen könnte. Aber er schämt sich seiner Gefühle und begräbt sie tief drinnen, wo sie am meisten schmerzen.

Die Tage verstreichen, alle schnell und alle genau gleich. Er kann keine Zeitungen mehr lesen, geschweige denn Fachzeitschriften. Das Fernsehen bedrückt ihn eher, als dass es ihn zerstreut. Seine Ersparnisse schwinden, und die Hypothek macht ihm Kopfzerbrechen. Er denkt an andere Berufe. Jeder reizt ihn einen Tag lang, ein paar Stunden, aber nichts hält an. Nachts träumt er von Bauten, wacht hoffnungsvoll auf und vergisst sie wieder.

Er bittet seinen Vater um ein Darlehen, und das Gespräch endet im Streit.

– Ich möchte sehen, was du entwirfst.

– Du würdest es ja doch nicht verstehen.

– Wenn deine Mutter noch am Leben wäre.

– Du wärst der Letzte.

Das Kündigungsschreiben seines Chefs – voller Enttäuschung und Bedauern – liegt hinter der Uhr auf dem Kaminsims. Kaum gelesen, kaum zur Kenntnis genommen. Es ist nicht passiert. Er hat nie dort gearbeitet.

Der Architekt hält sich so viel wie möglich im Freien auf, fährt bei Tagesanbruch aufs Land und kehrt erst nach Einbruch der Dunkelheit zurück. Er macht kein Licht im Haus und stellt sich vor, wie man ihn tot an einem Abhang finden würde. Flach auf dem Rücken, die Arme auf der feuchten Erde ausgestreckt. Das Letzte, was er sieht, wäre der Himmel, begrenzt durch hohes grünes Gras, das gegen seine kalten roten Wangen weht.

Er spricht mit niemandem, und es beunruhigt ihn, etwas Lohnendes, Sinnvolles, Bedeutendes, Gutes darstellen zu müssen. Es beunruhigt ihn, womöglich langweilig zu sein.

Sein Bruder ist ungehalten, verärgert. Er solle sich Arbeit suchen, Dad nicht auf der Tasche liegen, zur Abwechslung mal an andere denken, in die Gänge kommen. Der Architekt verkauft sein Haus, sein Auto, seine Schallplattensammlung und zieht zu seinem Vater. In seinem alten Zimmer mit dem Stabilbaukasten unterm Bett geht es ihm sehr viel besser.

Er verbringt seine Tage mit Schlafen und Essen. Sein Vater nimmt ihn mit in den Schrebergarten und lässt ihn umgraben, damit der Junge sich bewegt. Er diskutiert Sämethoden mit seinem Sohn, Jätstrategien. Frost und

Schädlinge, Kompost und Partnerpflanzen. Der Architekt schweigt, aber sein Vater freut sich, dass er da ist, denn er liebt ihn sehr.

Sein Bruder kommt regelmäßig zu Besuch, bringt einmal sogar seine Freundin mit. Sie hat ein einfühlsames Wesen und schönes Haar. Dad ist vergnügt wie seit Wochen nicht mehr, reißt Witze und macht noch eine Flasche auf.

Nach dem Abendessen spült sie das Geschirr, der Architekt trocknet ab und bittet sie, sich auszuziehen. Sie ist reizend, bleibt unverändert höflich und ignoriert seine Bitte. Der Rest des Abends verläuft ohne Zwischenfälle, aber am nächsten Morgen kommen von seinem Bruder harsche Worte. Auf der Fahrt zum Arzt sagt ihm sein Dad, so etwas dürfe er einfach nicht sagen. Beim Mittagessen hat sein Vater rote Augen, aber er macht wie immer die Suppe warm, und sie hören sogar zusammen Musik.

Drei Monate später wird die Medikamentendosis reduziert, die Stunde Schweigen zweimal wöchentlich bei einer Therapeutin jedoch beibehalten. Der Architekt sagt ihr nicht, dass er keine Ideen mehr hat. Dass Grundrisse ihm Schmerzen in der Brust verursachen. Dass er von Treppenhäusern träumt, die unter seinen Füßen bröckeln. Er weiß das alles, und er weiß auch, wie banal es ist. Stattdessen weint er ein wenig, und als sie Billigung bekundet, weint er sehr viel.

Er liest die Stellenangebote in der Zeitung. Zwingt sich, die Anzeigen für Architekten zu studieren, merkt aber, dass er im Grunde gar nicht will. Die Schande ist kaum zu ertragen, und er ist nur noch gemein zu seinem Dad. Beide wissen, wie unfair das ist, aber keiner verliert ein Wort darüber.

Bei Vorstellungsgesprächen nennt er einen alten Vater als Grund, warum er seine Stelle aufgegeben hat. Ein Richtungswechsel sei nötig gewesen, lächelt er, gesteht er. Dad sei im Grunde nur der Auslöser gewesen. Der alte Charme kommt nach und nach wieder zum Vorschein, und die Chefs haben Verständnis für Wendepunkte, familiäre Verpflichtungen, schätzen die Ehrlichkeit, die Fähigkeit, Krisen zu bewältigen. Nicht alle halten ihn deshalb für geeignet, aber bald hat er wieder einen Job.

Vier Wochen später, beim Abendessen, erzählt er seinem Vater und seinem Bruder davon. Dass ihm die neue Stelle gefällt, dass er auch das Gefühl hat, gebraucht zu werden, dass ihn die Arbeit fordert, aber nicht überfordert. Dad freut sich. Genauso hat er sich das Leben für seinen Sohn vorgestellt. Doch sein Bruder ist wütend. Was sollte dann diese ganze verdammte Krise? Sie streiten in der Küche, zischen sich an, flüstern, damit ihr Dad nichts hört. Ein Glas geht zu Bruch, und die Spannung löst sich. Sein Bruder schämt sich, fegt die Scherben auf und geht.

Der Architekt mietet eine Wohnung näher am Büro und schläft mit dem Mädchen, das unter ihm wohnt. Er besucht seinen Bruder, um den Streit beizulegen, und bald gehen sie am Wochenende zu viert aus.

Einige Zeit später merkt er, dass er Gebäude betritt und verlässt, ohne über sie nachzudenken.

Er besucht auch regelmäßig seinen Dad, und oft arbeiten sie sonntags zusammen im Schrebergarten. Einmal äußert sich sein Vater besorgt über die Tomaten. Sie leiden unter der für die Jahreszeit ungewöhnlichen Kälte und müssen dringend geschützt werden.

Der Architekt sieht sich die anderen Gärten an und ist entsetzt und erstaunt über die einfallsreiche Hässlichkeit von windschiefen Scheiben und Wellblech. Über primitive, aber wirkungsvolle Konstruktionen aus durchweichten, splitternden Fensterrahmen. Pflanzen, die unter warmem Kondenswasser gedeihen.

Er sammelt Material auf der Deponie, in Müllcontainern, auf dem unbebauten Gelände am Kanal. Dad werkelt vergnügt vor sich hin, bindet die Bohnenranken fest, nimmt seinen Sohn kaum wahr, der mit einer braunen Papiertüte und einem Bleistift in der Schuppentür sitzt und in der Frühnachmittagssonne eine grobe Skizze anfertigt. Am Abend umgibt ein prachtvolles Bauwerk die Tomaten, mit einer Klapptür zum bequemen Pflücken.

Dad ist hingerissen. Der Sohn stolz und erfreut und auch traurig. Die Sonne scheint noch, aber der Wind hat aufgefrischt, und er spürt die Rauheit eines Tages im Freien an Gesicht und Händen.

Der Zweifel, der aus dem Nichts kam und ohne Grund wieder verschwand. Aufruhr und Verwirrung, Kapitulation und Heilung. Kräche, Bitterkeit und gelernte Lektionen. All das hat ihm den Stempel des Kompromisses aufgedrückt. Er ist psychisch stabil und enttäuscht. Kein Architekt mehr.

SPÄTER FRÜHLING

So seid denn vorsichtig und geht sanft um mit
dem Tod.
Denn Sterben ist schwer, es ist schwer, durch
Die Tür zu gehen, auch wenn sie sich öffnet.

D. H. Lawrence

Der Frühling kam spät: Die Bienen mussten gefüttert werden.

Der Imker ging mit Honigtöpfen in den Taschen eine Meile nordwärts das Tal entlang, die Anhöhe oberhalb des Bachs hinauf. Es kam ihm vor, als seien die Bienenstöcke dieses Jahr weiter entfernt, und er ging gleichmäßig dahin, wie es ihm schien, kam aber im Wintergras nur langsam vorwärts. Den Blick auf die erste Buchengruppe gerichtet, bei der seine Bienenstöcke standen, hatte er seit Tagen an die gerade Reihe der Körbe gedacht: die Rückseiten zum Ostwind hin, zu dem schützenden Wäldchen, die Vorderseiten nach Westen, nach der Frühjahrsblüte der Brombeeren, der Wildblumen Ausschau haltend. Wartend. Die Beine des Imkers waren wieder ein Jahr älter, sein Herz ebenso, und er hielt oft inne auf dem schmalen Weg. Stand da, schöpfte Atem zwischen den nassen Grasbüscheln. Und da sah er es.

Eine kaum wahrnehmbare Bewegung, besser zu erkennen aus nur einem Augenwinkel: ein kleiner Schatten, der sich stetig durch die Ebene bewegte. Aufrecht, kein Tier. Der alte Mann blieb stehen, hielt den rasselnden Atem an. Verfolgte den dunklen Fleck und sein beharrliches Vorwärtsstreben. Niemand sonst wohnte an diesem Ende des Tals, nur er.

Der Imker war wie gebannt von dieser kleinen menschlichen Störung in dem flachen Gelände. Hatte seit Beginn des Winters, vielleicht auch länger, keine Menschenseele mehr gesehen. Seine Augen suchten das Tal nach weiterer Bewegung ab, Gefährten für den Fleck: eine Jagdgesellschaft vielleicht oder Holzfäller, wenn die Vorräte des Dorfes nach der langen Kälte zur Neige gingen. Doch die sanft ansteigenden Wiesen und das Wäldchen waren leer wie immer. Das Gemeindeland des nächstgelegenen Dorfes war gerade noch zu sehen: einen halben Vormittag entfernt für einen jungen Mann, und weiter gingen die Dorfbewohner selten.

Als der Fleck näher kam, sah der Imker ihn stocken, wie suchend oder unschlüssig. Ob er Angst hatte? Zu weit von zu Hause fort geraten war und jetzt vertrautes Gelände suchte, die Gewissheit des Weges zum Dorf? Der alte Mann konnte dessen eingesunkene Linie im Norden gerade noch erkennen; die schlammige Wunde in dem nassen Tal, die eine halbe Meile hinter dem Gemeindeland verheilte, von Brombeergestrüpp und Gras überwuchert.

Unten floss der Bach tief und dicht am Fuß des Abhangs entlang, und hier zögerte der Fleck, verharrte. Der alte Mann duckte sich auf der Anhöhe tief ins Gras: Erst jetzt wurde ihm bewusst, dass die Gestalt auch ihn sehen konnte, wenn sie nach oben schaute. Nur noch sechzig Schritte lagen zwischen ihnen, und der alte Mann konnte erkennen, dass es ein Kind war. Ein Junge, dachte er, und dünn, mit schulterlangem Haar. Die schmale Brust hob und senkte sich, das Gesicht wandte sich erst bachaufwärts, dann abwärts. Die schmächtige Gestalt zauderte am flachen Ufer, lauschte dem Rauschen des Wassers am Fels. *Geh nach Norden*, dachte der Imker. Wenn das Kind dem Bach nordwärts folgte, würde es erst zu der bemoosten Brücke kommen, dann auf den Weg. Aber es ging nicht weiter: rutschte stattdessen die Böschung hinab, hielt sich einen Moment am Felsen fest, ließ sich dann in das reißende Wasser fallen.

Der alte Mann fuhr aus der Deckung des Grases hoch. Sah entsetzt, wie das Kind unter der Oberfläche verschwand: Es war ein grau-kalter Tag, mit Ostwind und Schmelzwasser aus den Bergen. Als ein paar Augenblicke später, ein paar Meter bachabwärts, die Faust des Jungen aus dem Wasser auftauchte, dann sein Gesicht, schrak der alte Mann zurück. Doch es war nicht die ertrinkende oder schon leblose Gestalt, die er erwartet hatte: Der Junge richtete sich aus der eisigen schwarzen Flut auf, bekam Boden unter die Füße, begann zu waten.

Der erste Gedanke des Imkers war gewesen, dem Kind zu helfen, doch jetzt kamen ihm Bedenken, und bald regte sich auch Angst. Sie irritierte ihn, die kleine, beharrlich vorwärts watende Gestalt. Arme über, Brust unter Wasser, hartnäckig: stur. Selbst auf die Entfernung konnte er den Jungen atmen hören, keuchend: scharfe Laute, die an den Eingeweiden des alten Mannes zerrten, ihn zusammenzucken, unter die Bäume zurückweichen ließen. Fingerspitzen an Rinde, den Schutz der kahlen Winteräste suchend, behielt der Imker das Kind im Auge, als es triefend ans nahe Ufer kletterte. Die Kleider klebten dunkelnass an der schmalen Gestalt, und einen Augenblick blieb sie stehen, durchnässt, zitternd. Dann, auf spindeldürren Beinen, strauchelte sie, fing sich wieder: setzte sich in Bewegung, ging bald schneller, kam näher, ließ das flache Tal hinter sich. Der alte Mann schaute stolpernden Herzens zu, wie das Kind seinen Schritt beschleunigte, sich zum Hang hin beugte, ins hohe Gras griff, sich senkrecht den Hügel hinaufzog, zu den Buchen, unter denen er stand.

Gesehen. Der Imker wich noch weiter zwischen Stamm und Zweig zurück, flüchtete dorthin, wo die Bäume am dichtesten wuchsen. *Nur ein Kind, nur ein Kind, aber was will es bloß von mir?* Er duckte sich, Atem zu schnell, zu laut: hatte die Bienen füttern wollen und versteckte sich jetzt. Ellbogen, Knie und Rippen dicht aneinander; Blick gesenkt, auf die bemooste Erde geheftet. Lauschend.

Zeit verstrich, der Atem ging langsamer. Kein Laut mehr, nur die vertrauten Talgeräusche von Wind und Wasser. Der alte Mann wartete noch eine Weile und richtete sich dann auf, langsam, nach und nach, so wie es seine steifen Glieder zuließen. Er blieb im Schutz der Buchen, ging vorsichtig an eine Stelle, von wo er durch die Zweige sehen konnte: den Abhang überblicken, auch wieder das Tal.

Er blinzelte, die alten Augen tränten, hielt Ausschau

nach den leichten Bewegungen des Jungen zwischen Gras und Strauch. Doch nichts mehr war von ihm zu sehen: nicht auf der Böschung, dem Weg, nicht im Gebüsch, am Bach. Er war verschwunden.

Das dichte Gras war hoch aufgeschossen, vom Winter gebleicht, die Bäume standen schwarz und nass und kahl am Horizont.

Der Winter war lang gewesen, und die Vorräte in den Bienenstöcken waren mager. Der alte Mann mischte Honig mit Wasser aus dem Bach. Ein voller Topf für jeden Korb, Futter für seine Bienen. Er überprüfte die Wände auf Ritzen und Löcher, dichtete sie mit Moos und Wachs ab. Die Hände leicht auf dem Geflecht, legte er nacheinander das Ohr an jeden seiner Körbe. Die Bienen hatten sich tief in die Waben zurückgezogen, aber der Imker konnte ihre Flügel hören. Ein wärmendes Summen unter dem Wind in den Buchen, die noch kein Grün zeigten.

Später Vormittag, und Wolken ballten sich auf einem kalten Wind. Noch mehr Körbe waren zu kontrollieren, jenseits der nächsten Anhöhe, aber der alte Mann witterte Eis in der Luft und machte sich auf den Heimweg. Langsamer als früher, voll Sorge, das Wetter könnte schneller sein als er. Der Frost trieb ihn zurück durch das Tal, griff schon nach seinen Fingern, ließ kalten Schmerz in die Gelenke kriechen.

Am Nachmittag schneite es, und der Imker nahm wieder seinen Winterplatz am Feuer ein. Der Tag war dunkel draußen vor der Tür, der Schnee dick und grau. Er konnte kaum noch sehen, wo die Baumreihe anfing, als der Nachmittag endete und der Abend begann.

Ein Leben lang Bienen und Honigessen. Zahnlos seit seinen mittleren Jahren. Haferschleim mit Honig, heißes Wasser mit Honig, ein Löffel Honig morgens. Der Imker hatte Jahre des Überflusses erlebt: hatte mit den Leuten aus dem Dorf Handel getrieben, als seine Bienenstöcke über das ganze Tal verstreut standen. Jetzt hielt er Bienen nur noch, so weit er laufen konnte, baute darauf, dass er von ihnen leben konnte. War auf niemanden angewiesen. Hielt ein paar Hühner, die ihre Eier an vorhersehbare Stellen legten. Zog Sommer- und Wintergemüse, Gerste; sammelte, was er nicht pflanzte, im Tal. Holunderbeeren, wilden Knoblauch, Nüsse, Pilze.

Der alte Mann hatte Augen und Knochenbau seines Vaters, ausladende Hüften wie die einer Frau, große Kniescheiben und lange Schenkel. An den Vater, längst tot, dachte er selten, die Mutter war in der Erinnerung nur noch ein fester Griff über dem Ellenbogen. Keine Geschwister, keine Nachbarn; vor einer Ewigkeit schon war die Stille gekommen, und sie ging nie wieder weg, unmerklich verstrichen die Jahre. Farbe schwand aus seinen Haaren und Augen, unbeachtet; Haut sank in weichen Falten unter die harte Linie seines Kinns. Er rasierte sich, doch wo die Haut herabhing, wuchsen die Stoppeln fedrig weiß, von keiner Klinge gestört.

Bienen waren der Rhythmus seines Jahres; Blüten und Vogelgesang markierten den Wechsel der Jahreszeiten.

Fünfzig Ernten hatte er erlebt, vielleicht mehr, *egal*: Er lebte in der Gewissheit einer weiteren: Sein Leben ein unveränderlicher Kreislauf von Frühling Sommer Herbst Winter Frühling. Bis zu diesem Jahr, als ein Kind kam statt der erwarteten warmen Winde.

Der Imker saß am Feuer, fand aber keine Ruhe. Dachte daran, wie das Kind in den Bach sank, wie schnell es sich später bewegte, die Böschung heraufzukommen schien, direkt auf ihn zu. In seinen vier Wänden, die Hände juckend in der Wärme des Feuers, kamen ihm Zweifel, ob der Junge ihn überhaupt gesehen hatte. *Narr*. Und doch: Als er den Tag noch einmal überdachte, spürte der alte Mann sein Herz von neuem: die jähe Angst auf dem Hügel, als wollte das Kind zu ihm; später dann die Erleichterung, als es wieder weg war. Er rückte sich zurecht, bis er bequem auf Stroh und Sackleinwand lag. Fror nicht, spürte aber den Winter in den Knochen. Stellte sich vor, wie der Schnee jetzt das hohe Gras im Tal bedeckte, die schmale Spur zerbrochener Zweige, die der Junge auf dem Hang hinterlassen hatte. Der Imker schloss die Augen.

Wieder unter den Buchen, doch diesmal nicht versteckt: ruhig zwischen den Bäumen suchend. Er findet das Kind schlafend, und er hat keine Angst. Eine stille Gestalt, am Boden vor den Bienenstöcken. Schnee treibt über die Lichtung, häuft sich zu einer weichen Verwehung am gekrümmten Rückgrat des Jungen.

Als der alte Mann aufwachte, war es dunkel, und im Haus war es kalt. Am Holzstoß draußen fand er ein altes

Schultertuch, darunter einen klammen kleinen Körper, an den Scheiten zusammengerollt. Kalt anzufühlen, aber trocken und noch atmend. Er trug ihn ins Haus.

Um ihn nicht zu schnell aufzuwärmen, ließ der alte Mann den Jungen schlafen. Klein und schmächtig, wog er fast nichts und wirkte noch kleiner, als er dort in dem Winkel am Feuer lag.

Die wenigen Kleider des Kindes, vom Bach durchweicht, waren steif in der kalten Nacht, wie getrocknetes Leder, die Haut darunter blau, Ellbogen und Knie aufgeschürft und nässend. Es schien unmöglich, aber der Junge lebte noch, sein Puls schwach, aber gleichmäßig, sichtbar an Handgelenk und Ohr. Der alte Mann hüllte die nackten Glieder in Lappen, bedeckte sie mit Stroh.

Er holte noch mehr Feuerholz herein, dann Schnee, um ihn zu schmelzen und zum Kochen zu verwenden. Bitterkalt draußen, doch seine Lunge war wie eingeschnürt in dem verrauchten Raum, und er wollte dem kleinen Bündel in der Ecke nicht zu nahe sein.

Während er hantierte, rief sich der Mann die Dorfbewohner ins Gedächtnis, die bei ihm Honig und Wachs gekauft hatten. Familien, zwei oder drei Generationen hatte er gekannt. Sie waren mit dem Wagen zu ihm herausgekommen, zu Fuß, jeden Herbst. Mit Stoff und Fett zum Tauschen, mit Weizensäcken, Körben mit Äpfeln. Der Junge mochte ein Enkel oder Urenkel sein, doch seine schmalen Züge ließen keine Gesichter aus der Erinnerung des alten Mannes auftauchen.

An das Flüstern aber, an die neugierigen Blicke erinnert er sich: Ganze Familien kamen aus dem Dorf, um den Bienenmann zu sehen. Kinder lugten hinter den Beinen der Eltern hervor, liefen weg, wenn er in ihre Nähe kam. Frauen redeten mit ihm, lächelnd, die Augen aber immer scharf, immer in Bewegung, sein kleines Haus und dessen rauchgeschwärzten Inhalt musternd. Er wusste, dass sein Honig ihnen schmeckte, aber er hasste diese Blicke, die Fragen, die mit dem Alter schlimmer wurden. Wusste nicht, weshalb er sich hätte einsam fühlen, im Dorf besser aufgehoben sein sollen. Hatte schon immer hier gelebt, würde immer hier leben und verstand diese Leute nicht, verstand nicht, warum sie ihr Leben lieber zusammengepfercht verbrachten, fand jedoch nie die Worte, es ihnen zu sagen.

Die kleine Gestalt war grau im Schatten hinter dem Feuer, und dem alten Mann wurde unbehaglich beim Gedanken an die Dörfler: Vor Bienen hatte er nie Angst gehabt, vor Menschen mitunter schon. War immer froh gewesen, wenn der Honig verkauft, die Jahreszeit kälter, seine Einsamkeit wiedergekehrt war.

Ein Tag verging, der Schnee blieb, die Nacht war kalt und schlaflos. Das Kind lag neben der Glut, der Imker saß an die Wand gelehnt, seine Decke gefaltet, doppelt gelegt gegen den nicht endenden Winter.

Am dritten Morgen war der Himmel blau. Der Junge wachte kurz auf, als der alte Mann ihm ein Ei in die Suppe rührte, ihn zum ersten Mal ansprach.

– Zu viel Schnee, um nach Hause zu gehen. Zu weit weg vom Dorf. Du kannst so lange hier bleiben.

Seine Stimme brach zu einem kaum hörbaren Flüstern. Der Junge blinzelte, aß und schlief dann wieder ein. Der alte Mann hielt das Feuer in Gang und gab dem Kind jedes Mal, wenn es aufwachte, zu essen, doch als es am vierten Tag Fieber bekam, beschloss er, seine Familie zu suchen. Der Kälte und dem Dorf die Stirn zu bieten.

Um das Haus war die Schneedecke knietief, auf dem Pfad am Bach jedoch dünner. Es war ein strahlender Tag, und der Imker blieb auf ebenem Gelände, nahm den langen Weg zur alten Brücke und den Pfad, der ins Dorf führte. Dumpfe Kälte herrschte im blauen Schatten der Pappeln, und der alte Mann ging vorsichtig mit zwei Stöcken, stürzte dennoch. Seine Füße rutschten auf zugeschneiten Steinen aus, die Knie gaben unter ihm nach.

Seine Hände waren wund, Beine und Hose aufgerissen, als er den Pfad erreichte. Er verschnaufte eine Weile, vorgebeugt, auf die Stöcke gestützt, und als er den Kopf hob und weitergehen wollte, sah er, dass er nicht allein war.

Männer weiter vorn, zwei, mit einem Ochsenkarren voll Brennholz. Ein Rad hing in dem gefrorenen, ausgefahrenen Weg fest, und ihre Stimmen waren laut, die Worte wie Flüche hervorgestoßen. Der Imker hob einen der Stöcke, schwenkte ihn in der hellen Luft, um auf sich aufmerksam zu machen, und als der hoch gewachsene Mann am Kopf des Ochsen grüßend den Arm hob, setzte er sich humpelnd in Bewegung.

Der zweite Mann kam hinter dem Wagen hervor, musterte ihn.

– Der Bienenmann.

– Hat's über den Winter geschafft.

Die kalte Luft war still und klar, und der Imker hörte ihre Worte, den überraschten Unterton, weil er noch lebte, spürte die Last ihrer neugierigen Blicke. Er wollte die Begegnung so kurz wie möglich halten und begann zu erklären, rief ihnen zu, noch ehe er bei ihnen war

– *Ich hab den vermissten Jungen. Bei mir.*

Die Männer sahen ihn an. Seine Stimme war heiser, blieb ihm im Hals stecken. Er glaubte, sie hätten ihn nicht gehört.

– *Den Jungen.*

Die Worte kratzten an der kalten Luft, und die Männer schwiegen. Er blieb stehen, noch ein paar Schritte von ihnen entfernt.

– *Er ist klein und hat lange Haare. Kam am selben Tag wie der Schnee, und jetzt ist er krank. Sollte zu seinen Leuten zurück.*

Der alte Mann trat von einem knochigen Fuß auf den anderen, spürte den vereisten Weg durch die Stiefelsohlen. Die Sonne schien hell, und die Männer beschatteten mit der Hand die Augen.

– Im Dorf wird kein Junge vermisst.

– Bist du sicher, dass es einer von unseren ist?

– *Er ist in meinem Haus. Ich hab ihn gefunden.*

– Aber er ist nicht aus dem Dorf. Bei uns fehlt kein Kind.

Der große Mann wiederholte, was er gesagt hatte, die Stirn einen Moment lang wie fragend gerunzelt. Der andere Mann lachte.

– Du hast ihn gefunden, also gehört er dir, wenn du mich fragst. Wir haben schon mehr als genug.

Der Imker sah ihn an, wollte, dass er das Kind bei ihm abholte, fand aber nicht die Worte, es ihm zu sagen. *Keins von ihren*. Er wartete, doch der große Mann sagte nichts mehr. Er gab dem Ochsen einen Klaps, fasste ihn am Kopf, um ihn zu führen, und auch der lachende Mann wandte sich ab. Hielt die Ladung fest, als der Wagen mit einem Ruck über die Furche und dann weiterfuhr. Nickte dem Imker zu, rollte von ihm fort, zum Dorf zurück.

– *Woher kommst du?*

Der Himmel dunkelte, als der alte Mann zurückkam, und der Junge lag wach unter dem Stroh.

– *Du bist nicht aus dem Dorf. Woher kommst du?*

Doch das Kind antwortete nicht; schloss nur wieder die Augen.

Der Tag wich ruhiger, mondloser Dunkelheit, und der Imker brachte das Feuer wieder in Gang. Wusch erst die Wunden an seinen Beinen aus und verband sie, kochte dann einen Topf Haferschleim; genug für zwei und noch ein Rest für den nächsten Morgen. Als er aufsah, stand das Kind. Arme eng um seine Lumpen geschlungen, Blick auf die Tür geheftet, schien es zu lauschen.

– *Was ist?*

Der alte Mann nahm den Topf vom Feuer, wartete. Da war es wieder, das Wimmern und Schreien draußen, irgendwo tief in der Mitte des Tales. Der alte Mann flüsterte

– *Fuchs.*

Und dann

– *Klingt wie ein Mensch, nicht?*

Der Junge sah ihn an, graue Augen, starr, und der Imker wusste nicht, ob er ihn verstanden hatte. Der Fuchs schrie wieder, und der alte Mann zog Stiefel an, legte sich eine Decke um die Schultern, ging in die Kälte hinaus. Die Tür des Hühnerstalls neben dem Haus hing schief in den Angeln: die Tiere drinnen leichte Beute für einen hungrigen Fuchs in einem verschneiten Tal. Der alte Mann rückte sie gerade, verriegelte sie, schalt sich wegen seiner Nachlässigkeit: Er selbst hätte aufpassen müssen, nicht der Junge.

Das Kind lag wieder am Feuer, als er zurückkam. Der alte Mann stocherte in der Glut, um es zu wärmen, nahm eine Hand voll getrockneter Beeren aus dem Glas an der hinteren Wand: etwas Süßes zum Kauen als kleine Belohnung für den Jungen. Er hörte den Fuchs noch ein paarmal, und später beim Essen wieder. Der Imker lauschte, aber der Junge sah nicht von seinem Teller auf, und die Laute zogen sich tiefer ins Tal zurück.

Der Feuerschein erlosch allmählich, der Fuchs war fort, und der alte Mann war sich der weiten Leere rings um sein Haus bewusst und der Tatsache, dass er nicht allein war. Zum ersten Mal, seit der Junge da war, legte er sich nieder, auf sein eigenes Strohlager auf der anderen Seite der Glut. Noch unsicher, ob er dem Kind nicht zu nahe war, doch überrascht, wie behaglich, wie beruhigend es war, Gesellschaft zu haben.

Eine Erinnerung kam, ungebeten, ehe er einschlief: an das Frühjahr, als sein Vater ihn stach. Er wusste nicht mehr, wie alt er damals gewesen war: so groß etwa wie der Junge im Stroh.

Nachdem der Frost gewichen war, brachte sein Vater jeden Morgen eine kleine Hand voll Bienen mit nach Hause, und seine Mutter ließ ihn an der Tür auf den Vater warten. Über Wochen geschah immer das Gleiche: Mutters Hände fassten seinen nackten Arm, Vaters Finger griffen eine Biene, hielten sie fest und drückten sie auf seine Haut. Mutter ließ ihn schreien, Vater wartete und kratzte dann mit seinem langen, gebogenen Daumennagel den Stachel aus der Pustel. Brennende Schwielen an seinem Arm, von Übelkeit begleitet, die heiße Schwellung, die sich schnell auf Hals und Augen ausbreitete; am nächsten Tag dasselbe, an den folgenden Tagen wieder. Bis keine Pusteln mehr kamen, kein Schmerz, keine Übelkeit mehr; in diesem Herbst holte er zum ersten Mal die gefüllten Waben aus den Stöcken.

Der alte Mann lag an der Schwelle des Traumes, machte Pläne. Sein Vater hatte die Erträge damals mehr als verdoppelt, er selbst konnte jetzt das Gleiche tun. Neue Königinnen züchten, mehr Körbe aufstellen: Es würde schwer werden, aber vier Hände schafften fünfmal so viel wie zwei; das hatte er von seinem Vater gelernt. Der Winter war streng gewesen, zu lang, und vielleicht hatte er Recht gehabt, der lachende Mann aus dem Dorf: Das Kind war zu ihm gekommen, gehörte jetzt ihm, ein Geschenk des Tales.

Aber am Morgen hatte der Junge wieder Fieber, sein kranker Atem ging schnell und flach. Der alte Mann bekam

Angst, süßte kühles Wasser mit Honig, hob den Kopf des Jungen an, fütterte ihn löffelweise. Bei jedem Schlucken hüpfte die kleine Kehle: rastlose Augen unter blauen Lidern, zitterndes Herz in der schmalen Brust.

Der Imker verwünschte seine eitlen Träume; das Kind war krank, kein Lehrling oder Erbe. Es gehörte nicht hierher, und er schien nichts für es tun zu können. Noch immer bleich wie das Wintergras, noch immer nach Kälte riechend wie Wind und Fluss: Er hatte es nun tagelang versorgt, genährt, gewärmt, doch es ging ihm nicht besser. Seine Augen waren trübe, die Glieder schwach, und es schrie im Schlaf.

Immer wieder ließ der Imker den ersten Tag Revue passieren. Er hatte ein sterbendes Kind vor sich, konnte sich keine Illusionen mehr erlauben. Der Junge war von den Hügeln im Westen gekommen. Der alte Mann hatte das Tal nie verlassen, sagte sich aber, dass die Familie des Jungen dort wohnen müsse, jenseits der fernen Höhen, vielleicht ein ganzes Dorf. Wo ein Kind ist, sind gewöhnlich noch andere, und zu ihnen gehören Väter und Mütter. Vielleicht suchte man ihn, oder man hatte ihn verloren gegeben, als der Schnee kam.

Graues Licht drang unter der Tür durch, Wind wehte durch die Ritzen im Holz, aber es war nicht kalt. Tauwetter hatte eingesetzt, und von der Dachrinne tropfte Wasser, als es Tag wurde. Der alte Mann kochte Eier für den Fall, dass der Junge Hunger bekam, sagte der schlafenden Gestalt, er werde Hilfe holen, so schnell wie möglich zurückkommen. Seine Leute jenseits der Hügel im

Westen wüssten wohl nicht, dass sie ihren Jungen hier abholen könnten. Es gehe schneller, wenn er zu ihnen gehe.

Die fernen Hügel waren noch schneebedeckt, doch das Tal weichte auf. Der alte Mann wanderte nordwärts, den Bach entlang, in dem das Schmelzwasser sang. Seine Beine waren fest mit Lumpen umwickelt, das Gehen leichter als letztes Mal, der Schnee nicht mehr so tief; Erdflecke mit bräunlichem Gras färbten die niedrigen Ufer. Bald sah er die bemooste Brücke, noch weiß bereift, und das zerzauste Wäldchen; irgendwo dahinter lag das Gemeindeland, das Dorf. Später Vormittag, und er begann die Ebene zu durchqueren, den Weg des Kindes über den Talboden zurückzugehen.

In Gedanken bei einer anderen Wanderung, vor langer Zeit, mit seinem Vater. Ein warmer Tag, Frühherbst, und ein Mann aus dem Dorf kam angelaufen, keuchend, wollte den Bienenmann holen. Führte sie in den Obstgarten, wo sich ein Bienenschwarm gesammelt hatte, so schwer, dass sich die Zweige bogen. Der Imker entsann sich an Blätter, die das Gras streiften, an das gewaltige zehntausendfache Summen, hypnotisierend, erregend. Frauen und Kinder in den Häusern eingesperrt, Männer mit angespannten Mienen hinter der Mauer des Obstgartens hervorspähend, aus sicherer Entfernung. Sein Vater, groß, das lange Gesicht verschattet, legte eine breite Leinenbahn ins Gras und wartete. Die Bienen krochen über den weißen Stoff, bedeckten ihn langsam mit ihrem dichten schwarzen Gewimmel. Strömten zu dem leeren Bienenkorb hin, der offen bereitstand, Wände mit Honig bestrichen.

Sein Vater nahm das Geld: Er wurde großzügig entlohnt, schien aber nicht erfreut. Sie brachten den Korb nicht wie erwartet zu den Buchen, übernahmen das neue Volk nicht, stellten es nicht zu den anderen. Fuhren stattdessen den Wagen weg vom Dorf, den Bach entlang, hielten an, wo die felsigen Ufer flacher wurden, das Wasser tief war.

Er tat wie geheißen, blieb im Wagen, schaute zu. Wie sein Vater den vollen Korb nahm, die Bienen darin gefangen, sie unter Wasser hielt.

Von der Erinnerung aufgewühlt, blieb der alte Mann stehen. Er hatte den langsamen Anstieg zu den Hügeln im Westen begonnen, konnte nun aber minutenlang nicht weitergehen. Erst als ihm klar wurde, wie spät es geworden war, zwang er sich dazu. Die Sonne, an deren Stand er die Zeit hätte ablesen können, schien nicht, aber es musste weit über Mittag sein: das Licht schwächer als zuvor, der Tag weniger überzeugend. Der Hang war steil, ließ die Lunge des alten Mannes schmerzen. Er hielt öfter an, versuchte gleichmäßig zu atmen und dabei weiterzugehen. Sah jetzt die letzte Anhöhe, die ihn aus dem Tal hinausführen würde. Seine Hände, um die Stöcke geklammert, waren totenbleich, und er mochte sie nicht anschauen, so wenig wie die regenschweren Wolken über der Hügelkuppe. Hoffentlich war es nicht mehr weit bis zum Dorf des Jungen. Hoffentlich gab man ihm dort zu essen, fuhr ihn nach Hause oder bot ihm ein Bett zum Ausruhen an.

Keine Bäume oben, kein Schutz, aber auch nichts, was den Blick hinderte. Er spähte nach dem Rauch aus Schornsteinen, nach geduckten Häusergruppen, Streifen bebauten Landes, Mauern und Zäunen. Der Himmel hing grau und tief über der fremden Gegend, dehnte sich tageweit in alle Richtungen. Der alte Mann stand da, hielt den rasselnden Atem an, suchte nach Lebenszeichen in dem Land vor ihm.

Wind, Wipfel, Wasser, Wolken. Keine menschliche Bewegung, kein menschlicher Laut.

Der Regen kam, verschluckte das Land, den alten Mann. Er hatte keine Kraft mehr, ließ ihn von sich Besitz ergreifen. Merkte nach einer Weile, dass er den zermürbenden Hang hinter sich gelassen hatte, sich wieder auf dem ebenen Grund des Tales befand. Achtete nicht auf Wegmarken, hielt den Kopf gesenkt, Gesicht vom prasselnden Regen abgewandt, Augen halb geschlossen.

Seine Gedanken wirbelten durcheinander: das leere Land jenseits des Tales, das Kind in seinem Haus, das aus dem Nichts gekommen war. Sah das Gesicht des Jungen nicht mehr vor sich, seine Gestalt, nur Gras und Regen: hatte ihn für einen Moment, verlor ihn wieder. Der Sturm war über ihm, doch die Stöcke des alten Mannes fanden den Boden vor ihm und er schwankte nicht. Fühlte wenig in diesen Stunden, weder Kälte noch Nässe, weder Schmerzen noch Hunger. Er sah die Bienen vor sich, von den Händen seines Vaters unter Wasser gedrückt, sprach laut ein paar Worte, während er vorwärts stolperte.

– Alter Bestand. Zu spät im Jahr. Wären sowieso gestorben: zu schwach, um den Winter durchzustehen.

Bald würde das Licht schwinden, und er ging jetzt zu langsam, um es vor Einbruch der Nacht bis nach Hause zu schaffen. Er dachte an seine eigenen Bienen, die unter den Buchen auf wärmeres Wetter warteten. Dann an seinen Traum an dem Tag, als der Junge gekommen war: keine Furcht, nur eine schmächtige Gestalt am Boden vor den Bienenstöcken, schlafend. Der Regen ließ nach, und er sah die erste leichte Erhebung vor sich, die vertrauten Bäume am grauen Horizont.

Das Tageslicht war fast erloschen, als er die Lichtung erreichte. Kein Schnee lag mehr vor den Körben, der Boden war trocken, und der Wind bewegte nur die Wipfel, unten war es still. Gerade warm genug, dass die Bienen fliegen konnten.

Der alte Mann sah die kleinen Tiere durch die Luft segeln, lauschte dem seltsamen Rasseln seines Atems. Er sog die Luft ein, aber sein Herz fand nicht in den vertrauten Rhythmus. Er ging näher heran, stellte sich zwischen die Körbe, ließ sich von dem beruhigenden Summen einhüllen.

Noch keine Blüten, aber seine Bienen waren fleißig, schafften die Toten des Winters hinaus. Kleine Kadaver auf der dunklen Erde vor den Körben. Der alte Mann legte sich neben ihnen nieder.

DIE DURCHQUERUNG

Er ist seit Tagesanbruch da; gesenkten Kopfes, hält mit ihnen Schritt.

Marta kann das breite Ufer kilometerweit überblicken, und sie hat ihn den ganzen Vormittag über aus dem Augenwinkel beobachtet, hat ihre Kinder angetrieben, in der Hoffnung, sie würden ihn nicht bemerken. Marta hat Angst. Sie waren gut vorangekommen, bis sie auf den Fluss stießen. Jede Stunde Verzögerung lässt die Gefahr näher rücken. *Und jetzt der Mann.* Seit gestern gegen Abend führt sie ihre Kinder den breiten Strom entlang, fort von dem Leid im Osten, hält sie in Bewegung, ein Auge hinter sich, das andere auf den mächtigen Strudeln, die das Wasser langsam umwälzen.

Im Vorwärtseilen betet Marta um eine Möglichkeit hinüberzugelangen, das Baby an der Brust, ein Bündel auf dem Rücken. Ihr ältestes Kind, ein Mädchen, geht mit der Tasche vor ihr, die jüngeren Zwillinge hinter ihr. Die Dämme am Fluss sind durch die Kämpfe beschädigt, und Marta hört die Stiefel der Jungen auf dem sumpfigen Boden quatschen, im Gleichschritt, auch mit ihr. Das Gras ist hoch, der Boden uneben: Sie gehen, als würden sie schon waten. Schweigend, unterhalb des Hochwasserdeichs, auf gleicher Höhe mit dem Wasser, parallel zur Sicherheit am anderen Ufer.

Sie schaut zu dem Mann zurück, und er ist noch da: nicht näher, nicht weiter weg, jetzt aber mit erhobenem Kopf. Sieht her. Sein Gesicht ein weißer Fleck unter einem schwarzen Hut.

Marta verlangsamt ihren Schritt einen Moment lang, lässt ihre Söhne überholen, geht zwischen ihren Kindern und dem Fremden weiter. Wenn sie schnell sind, denkt sie, können sie den Vorsprung noch eine Stunde halten, vielleicht zwei. *Er wird aufgeben. Zurückbleiben. Irgendwo kommen wir hinüber.*

Weiter vorn sieht sie eine Brücke. Die hohen Pfeiler stehen noch in der trägen Strömung, doch nichts verbindet sie mehr: zerbombt, die Trümmer fortgespült. Marta hilft ihren Kindern auf die Straße, die steil zu der Brücke hinaufführt. Sie überlegt, kämpft gegen die Enttäuschung an. *Es muss noch eine geben, weiter vorn kommt noch eine.*

– Wir gehen weiter.

Die Zwillinge laufen die Böschung hinauf, bleiben an der Kante stehen, wo die Straße abbricht und verbogene Stahlfinger aus dem zerstörten Beton ragen. Sie legen sich auf den Bauch, lassen den Kopf über die Kante hängen, rufen ins Wasser hinunter. Ihr Lachen hallt zwischen den hohen Pfeilern wider, und Marta fürchtet, der Mann könnte sie hören. Sie sind langsamer geworden: Vielleicht ist er inzwischen in Hörweite. Sie dürfen keine Aufmerksamkeit erregen, nicht hier draußen, wo niemand ihnen helfen und alles Mögliche passieren kann. Sie geht neben Ani her, ihrer Tochter, hält das Baby fest an sich gedrückt, ruft ihren Söhnen zu

– Wir machen keine Pause!

Doch Ani rührt sich nicht. Sie zeigt mit dem Finger, zupft ihre Mutter am Arm.

– Da ist ein Mann.

Noch ehe sie sich umdreht, weiß Marta, dass er aufgeholt hat. Keine hundert Meter mehr entfernt, geht er dahin, schaut geradeaus, setzt sich in Trab. Marta sieht den Lehm an seinen Hosenaufschlägen. Gelb auf schwarzem Wollstoff.

Die Zwillinge laufen zu ihrer Mutter hinunter, bemerken den Mann nicht, der jetzt fast an der Brücke angelangt ist; weiße Handgelenke, die lang und dünn aus den schwarzen Ärmeln ragen. Er sagt etwas, aber Marta kann es nicht hören. *Er muss schreien, wenn er will, dass wir ihn verstehen.*

Die Zwillinge sind aufgeregt, rennen zu ihrer Mutter.

– Wir könnten doch rüberschwimmen, Mama.

– Es ist nicht sehr tief.

Marta reißt sie von der Straße weg; behält den Fremden im Auge, führt ihre Kinder von ihm fort, Tochter hinter ihr, Arme um ihre Söhne. Sie will weitergehen, aber zwischen ihnen ist jetzt nur noch die Straßenböschung, und sie kann ihn schon hören.

– Es ist nicht tief. Ich hab's schon mal gemacht.

Doch Marta versteht nicht; erkennt nur den Akzent; Herz bis zum Hals.

– Ich war schon mal drüben.

Der vertraute Rhythmus. *Einer von uns*. Marta zittert vor Erleichterung.

Der Fremde bleibt auf der Straße stehen. Noch redend, noch außer Atem. Sein Hals ist lang und dünn, der Kopf knochig. Viele schwarze Zähne, weißes Zahnfleisch. Ein harter Mund, aber eine Stimme wie daheim.

– Das ist eine gute Stelle zum Rüberschwimmen.

Der Fremde sieht Marta an, lächelt, nickt. Seine Augen sind dunkel. Freundlich. Seine Stimme ist in Ordnung, aber Marta bleibt auf Abstand. Seine Stiefel sind in Lumpen gewickelt, und Marta nimmt den sauren Geruch seines Atems, seiner Haut wahr.

– Wir gehen weiter.

Sie schart ihre Kinder wieder um sich; drängt sie weiter die Böschung hinunter, den Fluss entlang; weg von den geborstenen Pfeilern, der Straße, dem Mann.

– Wir gehen zur nächsten Brücke.

Marta presst die Handflächen an den Rücken der Zwillinge, schiebt sie, die Beine müde von der Last des Babys, dem tagelangen Laufen, dem Bündel auf ihrem Rücken.

– Die Brücken sind alle gesprengt.

Es klingt höflich, noch atemlos, aber sanft. Wie die Augen. Der Mann bleibt, wo er ist, am Rand des Wassers, steht da, sieht der davongehenden Familie nach. Marta schaut zu ihm zurück, und er lächelt, geht dann in die Hocke und hält die Hände ins Wasser. Marta schiebt ihre Kinder weiter.

– Weiter vorn macht der Fluss eine Biegung. Dann gehen Sie wieder nach Osten.

Marta bleibt stehen. Ihr Herz setzt aus. Ihre Tochter fasst ihren Arm.

– Ich will nicht schwimmen, Mama.

Die Zwillinge drängen sich an sie, zwei Augenpaare auf den Mann am Ufer geheftet.

– Es ist nicht tief. Sag's ihr, Mama.

– Wir haben den Grund gesehen.

– Nein, Mama.

Marta weiß, dass der Fremde sie beobachtet, aber er sagt nichts mehr, kommt nicht näher. Sie kauert sich hin, verlagert das Gewicht des Bündels auf ihrem Rücken. Hebt das Baby, einen Jungen, wieder hoch, drückt ihn fester an sich, voller Bedenken. Der Fluss ist breit. Dreißig Meter, vielleicht mehr.

– Ich kann Ihnen helfen. Ich bin schon mal rübergeschwommen.

Marta wartet eine Minute, zwei, und als er sich nicht regt, rückt sie das Bündel mit einer Schulterbewegung höher, geht ans Wasser hinab, hält ein paar Meter Abstand zu dem Mann.

– Mama!

– Schon gut, Ani.

Sie kann den Grund sehen, aber das Wasser ist brusttief. Würde den Zwillingen über den Kopf reichen. Sie schaut zu den Resten der Brücke hin. Jeder der Pfeiler hat ein breites Fundament, eine Plattform direkt unter der Oberfläche. Der Fremde zeigt darauf.

– Wir können von Pfeiler zu Pfeiler schwimmen und auf den Sockeln ausruhen.

– Es ist zu tief.

– Wir machen es in Etappen.

Ani, die bei ihren Brüdern steht, ruft

– Ich will nicht, Mama!

– Es sind nur vier Meter zwischen den Pfeilern.

– Sei still, Betim.

– Nur vier Meter, das ist nichts.

– Du sollst still sein, Leka!

Marta sieht wieder den Fremden an, schüttelt den Kopf.

– Unsere Sachen werden nass.

– Es ist heiß. Ihr kampiert über Nacht, und sie trocknen wieder.

– Die Taschen sind zu schwer.

Marta geht zu ihren Kindern zurück, schultert wieder das Bündel. Der Fremde läuft am Ufer entlang, sammelt Treibholz. Die Jungen helfen ihm.

– Nur große Stücke, Kinder. Größer, doppelt so groß.

Marta beobachtet sie.

– Vielleicht finden wir ein Boot.

– Ich gehe seit Tagen den Fluss entlang. Kein Boot weit und breit.

Ani stößt neben ihrer Mutter die Schuhspitze in die Erde. Marta schaut zu, wie der Mann mit ihren Söhnen Treibholz sammelt.

– Wie bringe ich das Baby hinüber?

– Sie binden es an mir fest. Ich schwimme mit ihm rüber.

– Nein.

Der Fremde fügt das Holz zu einem Rahmen zusammen. Ein Handtuch an einer Ecke, sein Hemd an einer anderen, für die dritte stellt Betim sein Unterhemd zur

Verfügung, die vierte zurrt Leka mit einer Socke fest. Der Fremde trägt den Rahmen ans Wasser. Die Tasche hängt in der Mitte durch, macht das Floß auf einer Seite schwerer, aber es schwimmt.

– Ich kann es ziehen, sehen Sie? Ich bringe erst das hier rüber, dann hole ich das Bündel.

Marta sieht ihn nicht an. Am anderen Ufer schlängelt sich die Straße in die Ferne; der Wind weht ihr ins Gesicht.

– Das Ganze dauert eine halbe Stunde, höchstens eine Stunde. Ihr könnt eure Sachen trocknen und am Abend weitergehen.

Marta zupft an dem Knoten, der das Bündel auf ihrem Rücken festhält.

– Drüben ist es sicherer. Ihr könnt euch ausruhen, über Nacht Pause machen.

– Ich nehme das Baby, nicht Sie.

– Auch gut.

Der Fremde zieht seine Stiefel aus, bindet sie mit den Schnürsenkeln aneinander, hängt sie sich um den Hals. Er watet hüfttief ins Wasser und schwimmt los, zieht die Tasche hinter sich her. Am ersten Pfeiler angelangt, winkt er. Wasser fließt im Bogen aus seinem Ärmel, und die Zwillinge winken lachend zurück. Sie laufen ans Ufer, doch Marta hält sie auf.

– Ja, wartet noch. Ich komme zurück und helfe euch.

Der Mann winkt sie weg, dreht sich um und schwimmt auf den nächsten Pfeiler zu. Der Jungen kauern sich hin, beobachten ihn, binden wie er ihre Schnürsenkel zusammen. Marta drückt die Hand ihrer Tochter, fordert sie auf, ihre Stiefel auszuziehen.

Der Fremde ist schon über die Mitte des Flusses hinaus. Schwimmt weiter. Er hat sich nicht mehr umgedreht, und Marta fragt sich flüchtig, ob er überhaupt zurückkommen und ihnen helfen wird. Sie überlegt, was alles in der Tasche ist. *Essen und Kleider*. Die letzten Fleischdosen. Aber kein Geld, keine Wertgegenstände. *Kein großer Verlust*. Der Fremde watet ans andere Ufer, zieht das Floß hinter sich her. Er schaut nicht zurück, winkt nicht. Er geht zur Straße hinauf, außer Sicht. Die Zwillinge stehen auf und sehen Marta an. Sie zuckt die Schultern, stellt im Kopf eine Liste auf. *Drei Dosen, der halbe Laib Brot, die Decken, ein Mantel*. Sie hat noch die Regenhäute, die Jacken der Zwillinge, ihren Ehering. *Nichts zu essen*.

Der Fremde kommt wieder von der Straße herunter, watet ins Wasser. Die Tasche hat er nicht mehr bei sich, und seine Jacke ist jetzt um seine Taille geschlungen. Seine Brust leuchtet weiß vor dem braunen Ufer. Er winkt und schwimmt wieder los, macht nur am mittleren Pfeiler Halt. Im Schwimmen sagt er etwas, noch außer Hörweite; Haut durch das Wasser schimmernd, Schulterblätter wie spitze Flügel arbeitend.

– Da drüben ist eine gute Stelle zum Feuermachen. Ich habe die Decken zum Trocknen über die Büsche gehängt.

Er ist außer Atem, grünlich. Kauert sich am Ufer hin, atmet schwer, und die Zwillinge stellen sich neben ihn, die Schuhe schon um den Hals gehängt. Marta nimmt die dünnste Decke, reißt sie in zwei Teile. Sie drückt das Baby mit dem Rücken an ihre Brust und fordert Ani auf, die Decke um sie beide zu wickeln. Aus dem Augenwinkel sieht sie den Fremden aufstehen.

– Sie nehmen ihn besser auf den Rücken, dann bleibt er über Wasser.

– Ich schwimme auf dem Rücken.

Sie knotet die andere Hälfte der Decke fest um sich, ist wütend. Die Arme des Babys sind unter der Decke gefangen, und es windet sich, als sie ans Ufer hinuntergeht. Die Zwillinge legen das Bündel auf das Floß, und der Fremde sagt ihnen, sie sollen erst waten, dann schwimmen. Er will Marta helfen, aber sie fordert ihn auf, lieber Ani zu helfen.

Die Zwillinge waten hinaus, halten das Bündel auf Hüfthöhe und schwimmen dann los, ernst und stetig, steuern den ersten Pfeiler an. Marta sieht sie in der Strömung abtreiben, vom Kurs abkommen, heftig mit den Füßen stoßen, und das Herz schlägt ihr bis zum Hals. Am Pfeiler angelangt, klettert Leka auf den Sockel und winkt. Marta winkt zurück, und der Fremde sieht sie an.

– Gute Schwimmer. Brave Jungen.

Sie sieht ihre Zwillinge zum nächsten Pfeiler schwimmen, kleine Körper, die sich durch den breiten Fluss kämpfen, sagt sich: *Sie sind gute Schwimmer, brave Jungen.*

Ani lässt sich von dem Fremden an der Hand nehmen, und er führt sie ins Wasser. Sie schaut zu ihrer Mutter zurück, geht aber weiter, bis ihr das Wasser bis zur Taille reicht.

– Das ist kalt, Mama!

– Aber du bist sehr tapfer.

Ani gleitet hinein, schreiend und platschend, doch diesmal hat Marta nicht so viel Angst. Der Fremde schwimmt neben ihrer Tochter her, und als Ani vom ersten Pfeiler aus winkt, sieht Marta, dass sie lächelt.

Die Zwillinge sind schon halb drüben. Schultern vor Kälte zu den Ohren hochgezogen, aber sie lassen nicht nach, springen an den Pfeilern wieder ins Wasser, ziehen das Bündel zwischen sich mit, immer näher dem sicheren Ufer zu. Marta bindet sich ihre Stiefel um die Taille und watet in den Fluss. Der Fremde hilft Ani auf den Sockel des zweiten Pfeilers und tritt Wasser.

– Gehen Sie zurück! Warten Sie, ich komme.

Marta beachtet ihn nicht und watet weiter. Das Baby windet sich an ihrem Bauch, will aus dem Deckenpanzer heraus. Es versucht ihr ins Gesicht zu sehen, atmet schnell, den weichen Kopf an ihr Kinn gedrückt. Marta hat die Arme um das Kind gelegt, hat Angst, es loszulassen, obwohl es fest auf ihre Brust gebunden ist. Die scharfkantigen Steine am Grund gehen in weichen Schlick über, seidig an den Füßen und warm im Vergleich zum Wasser. Marta sinkt bis an die Knöchel ein, und das Wasser erreicht ihre Schenkel.

Im Tiefen ist es viel kälter. Ihre Fußgelenke schmerzen, und ihr Magen zieht sich zusammen, scheut vor dem Wasser zurück. Ihre Knie geben nach in der langsam fließenden Strömung. Die Füße des Babys werden nass, und es schreit und strampelt. Helles, kaltes Aufspritzen in der Sonne. Marta weiß, dass der Fremde auf sie zuschwimmt, ihr zuruft, sie soll ans Ufer zurückgehen. Sie dreht sich von ihm weg und legt sich ins Wasser, die Arme um das Baby, stößt mit den Beinen.

Die Kälte benimmt ihr den Atem. Ihre Stiefel füllen sich mit Wasser, ziehen sie an der Taille nach unten. Sie streckt die Arme aus, um sich über Wasser zu halten, doch zu spät, und das Baby taucht mit ihr unter.

Als sie wieder hochkommen, schreit es, macht sich steif an ihrer Brust, müht sich, die Arme freizubekommen. Marta hat den Schlickgeschmack des Flusses im Mund. Sie spürt den Grund nicht mehr, sucht mit den Zehen, streckt die Beine, strampelt. Der Kopf des Babys ist wieder unter Wasser. Sie schlägt mit den Armen, breitet sie aus, um sich im Gleichgewicht zu halten, hustet, biegt den Rücken durch. Sie hört das Baby schreien, durch eine Wand aus Wasser, das wie Eis ist an ihrem Hals. Die Stiefel schlagen schwer an ihre Schenkel, während sie gegen die Strömung ankämpft. Der Kopf des Babys ist wieder über Wasser, sein Körper aber mit ihrem in dem kalten Fluss. Wasser spült in ihren Mund. Wieder sinkt sie.

Der Fremde schwimmt unter ihr; seine Arme unter ihren Schultern; zieht ihren Oberkörper aus dem Wasser und das Baby mit. Marta würgt, will schreien. Der Fremde zieht sie zu dem Pfeiler hin, schnell, stetig, murmelnd, schnaufend, unter ihr mit den Beinen stoßend. Er schiebt Marta auf den Sockel, und sie schürft sich die kalten Glieder an dem Stein. Mit weichen Knien richtet sie sich aus dem Wasser auf, und der Fremde löst die Decken. Sie wundert sich, dass er nicht wütend ist. Das Baby schreit noch immer, aber mit Tränen jetzt, ist nicht mehr so steif. Als seine Arme frei sind, zieht es sich an seiner Mutter hoch, drückt das Gesicht an ihren Hals. Ani schaut vom nächsten Pfeiler herüber, die Arme um den Stein geschlungen; die Zwillinge sind schon am anderen Ufer. Der Fremde ruft ihnen zu, sie sollen Feuer machen, fordert Ani auf zu warten, bis er bei ihr ist. Sie nickt, schweigend, zitternd.

Das Baby schreit, als es von Martas Brust weggezogen wird, stößt Fäuste und Füße zornig in die Luft. Der Fremde legt es schnell wieder zurück, hoch auf Martas Schulterblätter, und es schlingt die Arme um ihren Hals. Der Mann wickelt die Decken wieder um das Baby und um Martas Brustkorb. Er zieht sie fest, und das Baby schreit, aber Marta protestiert nicht. Er überprüft die Knoten, gleitet dann wieder in den Fluss. Hält ihr die Hand hin, den nackten Arm aus dem Wasser gereckt.

– Fertig? Kommen Sie.

Marta zögert. Die Augen auf den ausgestreckten Arm geheftet, die Worte des Fremden in ihren Ohren klingend. Ihr Herz zieht sich zusammen. Selbe Stimme, anderer Rhythmus. Selbe Sprache, anderer Akzent. Doch ebenfalls vertraut.

Das Pochen der Angst in ihrer Brust. Die Rufe vor dem Haus. Der Rhythmus des Tages, als die Männer geholt wurden.

Marta sieht den Fremden an, und er erwidert ihren Blick. Augen dunkel, Lippen in Bewegung.

– Kommen Sie.

Kein Verstellen mehr. *Einer von ihnen*. Der Fremde hat

die Stimme eines Fremden. Als hätte der Fluss seine Kehle gereinigt, das eisige Wasser die Lüge von seiner Zunge gespült.

Er nimmt Martas Hand, und sie setzt sich gehorsam auf den Sockel, ins Wasser. Ihre Kinder sind vor ihr, sie kann nicht zurück, muss weiter. Das Baby klammert sich an ihren Hals, ist aber still. Marta schwimmt mit dem Fremden zum nächsten Pfeiler, und er lächelt ihr aufmunternd zu, schwimmt auf dem Rücken neben ihr her. Ani hilft ihrer Mutter auf den Sockel, und sie ruhen sich schweigend aus, während der Fremde Wasser tritt. Dann schwimmen sie zusammen weiter. Als sie zum letzten Pfeiler kommen, winken sie Leka zu, der sie am Ufer erwartet.

– Wir haben Feuer gemacht!

Er zeigt die Böschung hinauf, wo Betim steht und eine Scheibe Brot isst. Das Baby fängt wieder an zu schreien, als sie an Land waten, aber es ist jetzt nicht mehr zornig, friert nur. Anis Mund ist blau umrandet, und Marta spürt die Steine unter ihren Füßen nicht mehr. Keiner von ihnen kann die Knoten in den Decken lösen, auch Lekas Hände sind noch schwach vor Kälte. Marta will den Fremden um Hilfe bitten und dreht sich zu ihm um, doch er ist wieder im Wasser, hat seine Jacke wieder an, schwimmt weg, ist schon jenseits des ersten Pfeilers.

Betim ruft und winkt von oben, aber der Fremde schaut nicht zurück. Schwimmt stumm weiter, ans östliche Ufer.

FRANCIS JOHN JONES, 1924–

Mein Leben vor meinem Eintritt in die Armee war ereignislos, aber voller kindischer Träume.

Gefreiter H., 1944
(*A War of Nerves*, Ben Shephard, London 2000, S. 261)

Die Geschichte, die er erzählen will, trug sich 1944 zu. – Keine Geschichte.

Fran verbessert sich. Sitzt am Fenster; schaut die meiste Zeit hinaus statt mich an. Sagt, er will mir von einem Vorfall im Sommer jenes Jahres erzählen; wie er ihn sieht. Weiß, dass ich schon davon gehört habe: ein Familiengeheimnis, über das laut flüsternd gesprochen wird. Für seine Tochter ein Schandfleck: Andere Väter bekamen Orden. Für die Söhne seiner Tochter weniger: die sichere Entfernung einer anderen Generation. Einer von ihnen ist ein Kollege von mir: Als wir uns vor einiger Zeit in der Mittagspause unterhielten, fragte er mich nach meiner Doktorarbeit und meinte, sein Großvater könnte mich interessieren. Dachte wahrscheinlich, ich würde nicht mehr darauf zurückkommen, und inzwischen frage ich mich, ob Fran überhaupt groß überredet werden musste. Ich hatte Widerstand erwartet, Feindseligkeit sogar, aber ich weiß nicht, wie ich ihn beschreiben soll. Sanfter Händedruck, Kekse und Tee auf dem Tisch.

Fran wäre in Italien zwanzig geworden, bei seinem Bataillon, aber er wurde krank und verbrachte seinen Geburtstag in der Nähe von Kairo. Im Militärkrankenhaus, bei den Verwundeten, den Amputierten. Hitze, wie er sie noch nie erlebt hatte: verdöste Tage, Starren auf den Deckenventilator. Schlaflose Nächte, den anderen beim Träumen zuhörend.

– Beängstigend manchmal, dieses Geräusch. Besonders wenn ich Fieber hatte.

Dann Gelbsucht. Noch sechs Wochen, sagte der Sanitäter. Er werde zu spät zu seinem Bataillon zurückkommen. Weiter vorn an der Front. Nichts zu machen.

Seine Augäpfel waren noch gelb, als er wieder zu ihnen stieß. Inspizierte an jenem ersten Morgen sein Gesicht im kleinen Viereck des Rasierspiegels, sah nur Ausschnitte davon. Rosa Stirn, Haut, die vom Sonnenbrand spannte; Augen von kränklicher Farbe, von roten Äderchen durchzogen; Oberlippe mit weichem Flaum bedeckt. Er seifte sich die Wangen ein, holte seinen Rasierer hervor.

– Verflucht, John, lohnt sich das überhaupt?

Thorn war der Einzige, den er schon kannte. Nicht gut: Sie waren im Februar mit demselben Transport von Neapel gekommen. Redeten nicht viel: hatten sich nicht viel zu sagen, aber es tat gut, dass jemand da war, den er wiedererkannte. Ständig neue Gesichter, neue Rekruten, Bataillone, die zusammengelegt wurden, um die Verluste auszugleichen. Leute kamen, dann waren sie wieder weg.

Fran kam als Letzter zu seinem neuen Zug. Prägte sich am ersten Tag mühsam die Namen ein. Er selbst wurde *Twitch* – Knirps – genannt, weil er groß war, und *Bones* – Gerippe –, weil es sich auf seinen Familiennamen reimte und man noch seine Rippen sah, trotz der Pfunde, die er in den vergangenen Wochen im Krankenhaus zugelegt hatte.

– Meine Fresse, was haben die uns da wieder geschickt!

So hat Fran seine erste Begegnung mit Butler in Erinnerung, der natürlich Spaß machte.

– Amateure.

So etwas hörte man dauernd; man erwartete es schon. Der Humor im Krieg, sagt Fran, war schnell und kalt. Aber irgendetwas daran war anders in diesem Sommer, in diesem Zug; er kam nie dahinter, was. Die Männer waren nicht unfreundlich zueinander, aber er hatte nie das Gefühl, dass sie sich gut verstanden.

Fran sieht mich einen Moment an, ich weiß nicht, warum. Seine Finger bewegen sich, verlegen, finden die Krawatte, streichen sie auf seiner Brust glatt. Wir lächeln einander flüchtig zu, und ich frage mich, ob er sie sich eigens für den Anlass umgebunden hat.

Die Leicesters hatten die Wälder am südlichen Ende eines Höhenzuges eingenommen, und Frans Bataillon wurde als Entsatz nach vorn geschickt. Über die Hälfte der Männer war schon voraus, und die verbleibenden Züge, darunter Frans, sollten am Morgen Richtung Norden marschieren. So lauteten ihre Befehle, die schnell durch ein Gerücht ergänzt wurden: Panzer befänden sich nur einen

Tag hinter ihnen; von der Küste her kommend, zur Verstärkung.

– Wir sollten die Front durchbrechen, dachten wir.

Voller Tatendrang. Sizilien, Neapel, Rom: die Deutschen nach Norden über die Grenze treiben.

Heißer Spätsommer. Sie kamen durch Dörfer, deren Bewohner zwischen Trümmern lebten. Das Land dazwischen war meist leer, nur ein paar Bauern versuchten noch etwas von der Ernte zu retten. Die Soldaten pflückten im Vorbeimarschieren Tomaten. Durchquerten ein Feld voller Melonen, groß wie Fußbälle, schwer wie Köpfe. Schaufelten im Gehen mit der Hand die Kerne heraus und warfen sie ins Gestrüpp. Fran erinnert sich an faserige Haufen davon, an Halbmonde aus gelb-grüner, abgekauter Schale, in den Staub geworfen. Der Saft war überall, klebte seine Finger zusammen, seine Lider, mischte sich mit dem Schweiß auf Wangen und Hals. Er wurde den süßen Gestank nicht los.

In der Nacht hörten sie Geschützfeuer, doch in der Dunkelheit ringsum konnte Fran nichts sehen. Sie marschierten in schweigender Einerreihe weiter, jeder mit der Hand an der Bajonettscheide des Vordermannes.

– Ich hatte Thorn vor mir. Aber ich kann mich nicht erinnern, dass mir das in dem Moment bewusst gewesen wäre, wohlgemerkt.

So macht es die Erinnerung: Sie sortiert. Fran hebt warnend den Finger. Sichtet die Ereignisse, dreht und wendet sie, sagt er, und es ist erstaunlich: wie er sie inzwischen überall findet, Thorn und Butler, noch im kleinsten Detail.

Inzwischen kannte Fran die Namen in seinem Zug und wusste, dass er der Jüngste war. Ein paar waren von Anfang an im Kampfeinsatz gewesen, Butler zum Beispiel, nicht aber der Zugführer. Ash war nur ein halbes Jahr älter als Fran, und obwohl er sein Alter nie preisgab, nahm Butler, so erinnert sich Fran, Wetten darauf an, und die meisten wetteten, dass er nicht viel älter war.

– Zweiundzwanzig, würde ich sagen, und hat Männer wie Thorn befehligt. Der war doppelt so alt, mindestens.

Die Leicesters hatten ihr Lager in einem Buchenwald aufgeschlagen, nahe einer Lichtung. Hohe silberbraune Baumstämme, die Nachmittagsluft dazwischen heiß und stickig. Frans Bataillon war größer; Zelte bis tief in den Wald hinein. Die Sonne sank, als sie ankamen.

– Erst marschieren, dann warten.

Thorn kochte Tee, und Butler schlief. Auf der Seite zusammengerollt, Augen in der Armbeuge versteckt. Überall um ihn herum taten andere das Gleiche, und auch Fran war müde. Schmerzen in Beinen und Rücken, vom Marschieren, dem schweren Gepäck. Der Tee war süß, voller Milchpulverklumpen, und er war froh um den Zucker; spürte noch seine wochenlange Krankheit. Er legte sich hin, so erinnert er sich, die Glieder schwer und schmerzend, doch seine Augen blieben offen.

Hinter dem Wald verlief der Höhenzug. Sie sollten ihn von Süden nach Norden einnehmen, mit den Panzern im Rücken. Auf der ersten Anhöhe lag ein Dorf; dessen Eroberung ihr erstes Ziel. Zwei Reihen heller Steinhäuser, darunter Ställe und Scheunen. An den Hängen unterhalb davon Weingärten und Olivenhaine; gute Deckung, zumindest solange die Sonne tief stand. Fran sagt, er habe das Dorf durch den Feldstecher beobachtet, bevor das Licht schwand: Es wimmelte von Deutschen.

Er beobachtete auch Ash; im Gespräch mit dem Major, mit den anderen Zugführern. Anspannung in dem zu jungen Gesicht, Augen ängstlich oder zornig; Fran konnte es nicht unterscheiden. Es machte ihn nervös, Ash zu betrachten, und die Planung des Angriffs zog sich hin. Zwei Züge, darunter Frans, sollten den Bauernhof am östlichen Dorfrand nehmen; drei weitere sollten sich von Westen her nähern. Die untere Häuserreihe sichern, sodass sie Rückendeckung hatten, wenn sie die obere nahmen. So lauteten die Befehle, die sie schließlich bekamen; bis dahin aber hörte man nichts, geschah nichts. Es wurde dunkel, Fran schlief. Stiller hier draußen als im Krankenhaus.

– Am nächsten Morgen wieder nichts. Den ganzen Tag, soweit ich mich erinnere.

Gewehrputzen, Warten. Ein scheinbar endloses Hin und Her zwischen Ash und dem Major, den Kommandeuren weiter hinten; nur die Funker hatten zu tun. Die Sonne ging wieder unter.

– In der Abend- und der Morgendämmerung war man immer nervös.

Und danach keine Erleichterung, sagt er, nur die dumpfe Ungewissheit des Bevorstehenden. Dieses Gestaltlose.

– Ich hatte das natürlich erwartet: dass einem nichts gesagt wurde.

Sie wurden oft losgeschickt, ohne viel zu wissen, aber

Fran betont, dass es sich nicht um blinden Gehorsam handelte, oder nur selten. Sie waren ständig am Raten, Interpretieren; versuchten ihre Befehle in ein größeres Schema einzupassen. Es geschah fast automatisch, dieses ständige Lückenfüllen, war aber auch beunruhigend. Fran mochte Gerüchte nicht; konnte nicht weghören. Bekam mit, wie jemand Butler fragte, ob sie auf die Panzer warteten.

– Soweit ich mich erinnere, gab Butler keine Antwort.

Die Gefechte machten Fran immer Angst. Sagt, er schämt sich nicht, das zuzugeben. Rutscht dabei aber in seinem Sessel herum, den Blick auf den gepflegten Heckenhorizont vor dem Fenster gerichtet. Er habe also Angst gehabt, ja, trotzdem sei es eine Erleichterung gewesen, als sie endlich aufbrachen.

Zwei Stunden vor Tagesanbruch. Heraus aus dem Buchenwald und auf den Hang, durch die Olivenhaine, in die Weingärten. Geduckt, schnell. Fran erinnert sich an den Anblick des Zuges vor ihm. Gebückte Gestalten, die die schmalen Wege ganz ausfüllten; das leise Geräusch, das sie alle zusammen machten, Atem und Stiefel. Der Himmel war blaugrau am östlichen Horizont, und sie kamen gut voran; hatten die Ställe und Scheunen gerade hinter sich gelassen, als er es hörte.

– Granaten.

Wie Vogelzwitschern oder ein Pfeifen. Stotternd. Hoch in der Luft, aber näher kommend. Fran lag flach auf dem Bauch, als die Explosionen begannen. Hörte auch Geschützfeuer, von irgendwoher. Lag geschockt und reglos auf der kühlen Erde, bis der Sergeant ihn anschrie, er solle verdammt noch mal endlich schießen. Und er tat es, wusste aber nicht, worauf; vor ihm das Grün der Reben, knorriges Holz, das sich die Drähte entlangwand.

Lärm dringt überall ein, erklärt er. Macht irgendwie blind; verwirrt.

– Sie hatten uns erwischt mit dem Granatfeuer. Übel. War zu erwarten, denkt man heute, aber wir hatten nicht damit gerechnet.

Sein Gewehr hatte Ladehemmung, Thorn war neben ihm, das Dorf weiter oben, und während Fran sich mühsam zu orientieren suchte, hörte er den Befehl zum Vorrücken. Die Männer vor ihm rannten bergauf, vorgebeugt, dicht am Boden. Fran folgte ihnen, doch dann hörte er Thorn schreien. Hinter ihm. Eine Granate schlug ein: ein Ruck in der Erde, als sie explodierte, und es regnete Erdbrocken, etwas Härteres. Fran verlor den Halt, erinnert sich, dass er fiel, aber nicht landete. Bergab geschleudert. Es war noch dunkel, doch er erkannte undeutlich Thorn, der den Hang hinunterstolperte, im Schussfeld. Es war entsetzlich: Rauch und der scharfe Geruch zerfetzter Blätter: Blech und Uniform zwischen Geschoss und Haut. Ohne es zu wollen, rutschte Fran zu ihm hin. Thorn streckte die Arme vor, stieß die Füße in die Erde, aber er hing fest, Mund offen, im Draht verfangen.

– Stemm dich hoch, stemm dich hoch, verdammt noch mal!

Doch Thorn hörte ihn nicht.

– Und die ganze Zeit das Granatfeuer.

Fran griff nach dem Draht, sah die verhakte Schnalle,

von Thorns Gewicht nach unten gezogen. Fran wusste, dass er ihn anheben musste, um die Schnalle freizubekommen, aber Thorn hielt nicht still, bog sich von ihm weg, rutschte, sackte dann nach unten, und der Draht schnitt Fran in die Handflächen. Zu schnell, um wehzutun, sagt er. Er weiß nur noch, dass seine Hände abglitten, als das Blut kam, erinnert sich an die Panik. Er schrie, stieß Thorn mit den Füßen auf die Knie, und die Schnalle sprang von dem Draht ab. Thorn war frei, und er fiel, rollte weg von Fran, bergab, unter das dunkle Laub. Das Granatfeuer hielt an, und die anderen waren weg. Thorn bewegte sich nicht mehr. Fran wandte sich bergauf und rannte los.

Es war noch matt blau in den schmalen Zwischenräumen zwischen den Häusern des Dorfes, die Sonne noch nicht über die Bergketten im Osten aufgestiegen. Die Granaten trafen Dach und Mauer, zu nahe, und es war, als könnte er sich in dem Lärm nicht mehr bewegen; alles verlangsamte sich. Aus der Morgendämmerung durch eine Tür in eine Scheune hinein, dunkel und leer. Draußen schlug eine Granate ein: Er hörte noch den hohen Ton von Metall auf Stein vor dem Knall, dann nichts mehr. Die Schockwelle lief durch ihn hindurch: lautlose Luft. Fran erinnert sich, wie er plötzlich im Licht stand, über geborstene Mauern und grau-hellen Trümmerwirrwarr hinwegsah: vor ihm Ash, schreiend, lautlos, und Kellertreppen. Fran blieb stehen, gehorchte dann; rannte hinunter.

Er weiß nicht mehr, wie lange es dauerte, bis er wieder hören konnte. Spürte die Explosionen, bevor der Lärm wiederkam, sah die Mauern oben wanken. Die Geräusche waren zersplittert, schmerzende Risse im Innern seines Kopfes. Er hielt sich die Ohren zu, und das Blut von seinen Händen trocknete auf seinen Wangen. Draußen war heller Tag; staubige Sonnenstreifen fielen durch die Ritzen in der Tür oben an der Treppe. Die Luft war heiß und stickig. Sie waren zu viert in dem Keller, darunter Ash und Butler. Über fünfzig waren den Hang heraufgekommen: Fran erinnert sich, dass er dachte, sie müssten doch irgendwo sein. Sich fragte, wer sonst noch zwischen den Reben lag.

Als das Granatfeuer eine Zeit lang aussetzte, stiegen Ash und Butler in den Raum über ihnen hinauf, der ein kleines Fenster hatte. Maschinengewehre, oben, die ganze Mauer entlang, sagte Butler.

– Unser Granatwerferzug hatte ein paar außer Gefecht gesetzt, aber es waren noch jede Menge da.

Ash schwieg. Kein Funkkontakt. Er forderte Fran auf, sich um seine Hände zu kümmern, verließ den Keller, von Butler gefolgt, und bald darauf ging das Granatfeuer wieder los.

– Was machen wir jetzt?

Fran kannte das Gesicht neben sich, aber der Name war weg. Seine Handflächen schmerzten, die gezackten, klebrig schwarzen Furchen, wo sich der Draht eingegraben hatte, und er wickelte Binden aus seinem Verbandszeug darum. Der Mann neben ihm würgte. Fran wandte den Blick ab, um nicht den Eindruck zu erwecken, er schaue ihm zu. Erinnert sich, dass sich auch ihm der Magen zusammenkrampfte.

So ging es stundenlang. Lärm ohne Ende, Schmerzen in Kopf und Händen. Ab und zu, in den wenigen ruhigen Minuten, hörte er sie, die Leute, die noch da waren, die Dorfbewohner. Drei oder vier verschiedene Stimmen, rufend, schreiend. Verstand sie nicht, hörte auch Englisch. Rufe nach den Sanitätern. Da erkannte er den würgenden Mann. Seine Trage an die Kellerwand gelehnt, seine Beine vor ihm ausgestreckt, verdreht.

Er weiß nicht mehr, wie lange sie dort unten waren, dachte die ganze Zeit, jemand würde ihn holen kommen, nahm sein Gewehr auseinander, brachte den Mechanismus wieder in Gang, und seine Hände begannen von neuem zu bluten. Gegen Abend hörte der Lärm auf, und erst als das Tageslicht schwand, glaubte er, dass es vorbei sein könnte. Der Sanitäter war bewusstlos, und Fran stieg allein hinauf.

Im Dorf oben lagen Leichen in den Straßen, die er erkannte. Der Major war schon da, und Ash, und Butler. Männer, die von Westen her vorgerückt waren, Männer von den Granatwerferzügen, die weiter unten geblieben waren. Keine Panzer.

Die Deutschen zögen sich zurück, sagten sie. Es klang, als könnten sie es selbst nicht recht glauben, aber sie waren weg. Bis auf drei Gefangene. Alte Männer mit grauen Haaren und eisernen Kreuzen. Sie saßen ruhig in einem Lastwagen, warteten, nickten; redeten leise mit dem Unteroffizier, der sie bewachte.

Fran wurde zum Verbandsplatz geschickt. Er wartete draußen vor dem lang gestreckten Gebäude, in dem, so glaubt er, einmal jemand gewohnt haben musste. Drinnen waren Männer mit Schuss- und Granatsplitterwunden, einige sterbend, unter ihnen der Sanitäter. Es war fast dunkel. Die alten Leute aus dem Dorf kamen auf die Straßen heraus und legten Blumen auf die Leichen.

Tee und Essen und Schmerzmittel und Schlaf. Fran erinnert sich, dass er einem Sanitäter von Thorn berichtete und der Mann sagte, der Feldgeistliche werde ihn schon finden. Seine Hände waren gesäubert und verbunden. Sie taten noch weh, aber er konnte sein Gewehr halten. Die Verwundeten wurden an die Küste zurückgefahren. Fran war unter denen, die am nächsten Morgen weiter nach Norden vorrückten.

– Das war nicht das Schlimmste, was ich erlebt habe. Das nicht.

Eine Haut hat sich auf dem Tee in den Tassen gebildet, die Fran auf den niedrigen Tisch zwischen uns gestellt hat. Er rührt in seinem Tee, trinkt aber nicht. Sagt, dass er schon davor Tote gesehen hatte. Von der Sonne geschwärzte Leichen beiseite geräumt hatte. Er hatte getötet und war angeschossen worden.

– Wie ein Hammerschlag.

Er hatte Glück im Unglück. Die Schnitte in seinen Handflächen waren nicht schlimm, seine Ohren erholten sich wieder, der Keller war vermutlich der sicherste Ort im ganzen Dorf gewesen. Fran hält inne, schaut auf seine Krawatte hinab, auf seine Hose, seine Schuhe. Da er nicht weiterspricht, zähle ich die Gründe auf, die er mir schon genannt hat. Er war jung, war krank gewesen, die Moral war schlecht. Thorn, der Einzige aus seinem Zug, den er kannte, war vor seinen Augen gestorben, und das Granatfeuer war grauenvoll gewesen.

Fran blickt auf, als ich verstumme. Vielleicht spielt das alles tatsächlich eine Rolle: Vielleicht ist es mit dem Erinnern so: Man ordnet die Dinge im Kopf neu.

Sie befanden sich auf einer Straße, folgten dem Verlauf des Höhenzuges. Zwei Lastwagen, flappende Segeltuchplanen. Trockener Fahrweg, staubig. Der vordere Lastwagen wirbelte Wolken auf, durch die sie hindurchfuhren. Der Grat war noch nicht gesichert, und sie sollten sich mit anderen Zügen vereinigen, die einen Tag voraus waren. Zusammen bildeten sie ungefähr ein ganzes Bataillon.

Sie waren krank, viele von ihnen. Durchfall, Erbrechen.

– Wir hatten eine Schlacht gewonnen, fühlten uns aber nicht so.

Nur entwürdigt irgendwie, gedemütigt. Beugten sich aus dem Lastwagen, hockten sich am Wegrand ins Gebüsch.

Dass sie sich am nächsten Tag unwohl fühlten, war normal. Die meisten verkrochen sich eine Weile in sich selbst, wenn man sie ließ, wenn sie nicht weiterkämpfen mussten. Fran sagt, er sah den anderen die Anspannung an, und er kannte das Gefühl, aber an diesem Tag fühlte er sich anders. Nicht direkt ruhig, nein: Er überlegt, wie er es erklären soll.

– Wie wenn man an einem klaren Tag plötzlich irgendwo hoch droben ist, so würde ich es beschreiben.

Abseits von den anderen stand er da, beobachtete sie:

unfähig, sich wieder einzufügen. Und immer mehr Fragen tauchten auf.

– Warum haben sich die Deutschen zurückgezogen?

Er fand im Lastwagen einen Platz neben Butler, der mit Ash im Dorf oben gewesen war; vielleicht wusste er etwas.

– Was fragst du mich?

Aber er wusste etwas, hatte zumindest ein Gerücht gehört. Irgendetwas war passiert, woanders: an einem anderen, wichtigeren Frontabschnitt. Die Deutschen hatten den Befehl zum Rückzug erhalten, an einen Punkt, wo sie stärker waren.

– Hatte nichts mit uns zu tun. Wir waren in einer beschissenen Lage. Hatten verdammtes Glück.

– Die Panzer sind nicht gekommen.

Fran erinnert sich, wie Butler ihn ansah.

– Was du nicht sagst.

Der Weg war holprig, schmal stellenweise, und sie kamen nur langsam vorwärts. Fran wollte nicht mehr nach vorn schauen, seinen Augen war das Land, das sie hinter sich ließen, lieber. Unterhalb der Straße fiel das Gelände in Terrassen mit Olivenhainen ab, und durch das Tal floss ein Fluss. Er erinnert sich, dass er an diesem Vormittag oft dort hinunterschaute und merkte, dass andere das Gleiche taten. Prüfend, sich vergewissernd. Schnelle Blicke das Tal hinab auf den Fluss.

– Wir alle.

Suchten die Rückzugslinie. Rechneten aus, wie lange sie für den Rückweg brauchen würden. Schauten auf das Wasser, das gleichmäßig nach Süden und dann nach Westen in die Ebene floss. In britischer Hand. Sicheres Terrain.

Mittag, und sie machten Essenspause. Fran hielt sich unter den Bäumen dicht bei Butler.

– Er hat's natürlich gewusst. Der Major. Dass niemand kommen würde.

– Hat er auch gewusst, dass sie uns so unter Feuer nehmen würden?

– Wahrscheinlich. Wir gehen hin und sterben, wir sorgen für eine kleine Abwechslung. Hat funktioniert, könnte man sagen. Haben sich immerhin zurückgezogen.

Redete danach nicht mehr viel, sagt Fran. Rauchte eine Menge, wie alle. Blaue Wolke unter den Ästen, schattiger Boden, mit Zigarettenkippen übersät. Fran musste dauernd an Ash und den Major denken, konnte den Blick nicht von dem Tal wenden. Fühlte, wie er sich innerlich loslöste, sich immer weiter entfernte. Die terrassierten Olivenhaine führten hier wie riesige Treppenstufen zu einem Haus in einem ummauerten Garten hinab, das einsam in der Landschaft stand, dort, wo sich das Gelände zum Fluss hin abflachte. Und als er das Haus entdeckt hatte, konnte Fran nur noch an eines denken: wie er unbemerkt dorthin gelangen konnte.

Die Terrassen waren etwa schulterhoch, er konnte sich bücken, vielleicht in die Knie gehen. Sehr schnell konnte er so nicht laufen, aber er würde nicht robben müssen. Die Bäume hingen voller Früchte; dichtes grüngraues Laub. Gespaltene und verdrehte Stämme, Zweige, die bis auf das vertrocknete Gras herabhingen. Fran sagt, er stellte sich den blauen Himmel vor, durch Zweig und Blatt: sah es schon vor sich: was er sehen würde, wenn er sich darunter versteckte. Er ließ zu, dass er die Sache plante, versuchte nicht, sein Denken daran zu hindern, auch nicht, als er sah, dass Butler ihn beobachtete. Scharfe Augen, verschmiertes Gesicht, heller Schmutz, vom Schweiß dunkel geworden.

Die anderen stiegen wieder auf die Lastwagen, und Fran blieb im Gebüsch zurück. Redete sogar sich selbst ein, er suche einen Platz zum Kacken. Überrascht, wie leicht es war, doch keineswegs überrascht, als er sah, dass Butler bei ihm geblieben war.

Als sie von der Straße weg waren, hielten sie an. Setzten sich in den Schatten der ersten Baumreihe. Rücken zum Hang, auf das Motorengeräusch lauschend, das sich auf der Straße oben entfernte. Fran warf einen Blick über die Schulter. Sah die anderen nicht mehr, nahm an, dass auch er nicht gesehen werden konnte. Als er wieder nach vorn schaute, war Butler schon losgegangen. Er folgte ihm, kletterte bergab.

– Das heißt nicht, dass ich ihm hinterhergelaufen bin.

Oder dass er es nicht auch allein getan hätte: Gib nie einem anderen die Schuld.

Sie schliefen in verstaubten Zimmern mit kaputten Fensterscheiben. Als sie aufwachten, stand die Sonne tief. Sie aßen Karotten, die sie im Küchengarten aus der Erde zogen, bitteren, geschossenen Salat, trocken-saure Äpfel, zu früh gepflückt. Butler entdeckte Wein im Keller, drückte die Korken mit dem Daumen in die Flaschen.

– Ash ist okay.

– Der hat uns doch da raufgeschickt.

Fran hörte die Tränen in seiner Kehle und hasste sie. Sah Butler lächeln, spöttisch. Zähne weinschwarz: hasste ihn.

– Als der Befehl kam, hat er uns nicht gleich losgeschickt. Hat es hinausgezögert, erinnerst du dich? Er hat viele von uns in den Tod geschickt, kann sein, aber vielleicht war er's auch, der uns gerettet hat. Dich und mich. Paar Stunden später, paar mehr Leute übrig.

Es war alles so offenkundig; es lohnte sich nicht, deswegen zu weinen. Fran hielt sich von Butler fern, lag im kühlen Schatten der Gartenmauer, hinter sich die untergehende Sonne, an Schultern und Armen sich schälender Sonnenbrand.

– Ich war wütend, könnte man wohl sagen.

Weil jemand sein Leben so in Gefahr gebracht hatte. Aber, sagt er, da war wenig Platz für Wut zwischen all den Banalitäten. Man war da, um zu töten oder getötet zu werden. Höchstwahrscheinlich beides. Man sah den Tod jeden Tag, und wie planlos er vorging. Kein Grund, kein Muster. Die meisten starben, einige nicht. Er konnte nicht einmal mit Sicherheit sagen, dass man sie, was die Panzer betraf, belogen hatte: Man hatte nur zugelassen, dass die Gerüchte sie beruhigten.

– Ich wollte einfach nur weg.

Er richtet sich einen Moment auf und sagt, das Gefühl für die gerechte Sache sei ihm damals völlig abhanden gekommen.

– Für das, was die Deutschen taten.

Und dann schüttelt er den Kopf.

– Glaub mir. Alles Rechtfertigungen.

Auch wenn er es zu diesem Zeitpunkt gewusst hätte, sagt er, hätte ihn das wahrscheinlich nicht gehindert.

– Das war eine ganz nüchterne Überlegung.

Wenn sie ihn einen Hügel hinauf zum Sterben schickten, dann entzog er sich dem eben.

Es wurde dunkel. Keiner von beiden konnte richtig schlafen. Fran erinnert sich, dass Butler auf der Terrasse stand und zu dem Grat hinaufsah, abzuschätzen versuchte, wo sich ihr Bataillon befand. Dass sie am Brunnen gemeinsam ihre Wasserflaschen füllten, Wein für den Tag mitnahmen.

Kurz nach Mittag fanden sie das Lager, wo die Männer gerade aßen. Sie hatten nicht besprochen, was sie sagen würden, ob sie sich rechtfertigen oder lügen würden. Er erinnert sich, dass Butler lächelte.

– Vorübergehend unentschuldigt von der Truppe entfernt, Sir. Wieder zur Stelle.

Der ungläubige Ausdruck auf Ashs Gesicht.

– Abscheu auch. Als würde er uns hassen.

Sie wurden verlegt, getrennt voneinander. Nordafrika wieder, aber diesmal nicht auf Erholungsurlaub: Schwerarbeit. Butler wurde vor ein Kriegsgericht gestellt, Fran entlassen, wenige Wochen nach Kriegsende. Unehrenhaft.

Deserteur. Nicht erschossen wie im Ersten Weltkrieg. Fran erinnert sich an die Gesichter der anderen, als sie wieder auftauchten: ist überzeugt, dass viele dachten, sie hätten vor ein Exekutionskommando gehört.

– Die Straße war nämlich vermint.

Weitere fünf Mann tot, und er und Butler waren nicht dabei gewesen, weil sie querfeldein gegangen waren.

Fran hält inne, blinzelt langsam. Vielleicht ist er zu Ende, aber ich möchte das Schweigen nicht brechen, und so warte ich ab. Ich kann nicht erkennen, ob er hinter seinen Brillengläsern weint. Ich frage mich, ob ich das möchte. Und warum eigentlich.

– Drei aus dem ersten Laster, zwei aus dem zweiten: der, in dem ich war.

Fran sieht mich an. Hält seine Augen gerade auf meine gerichtet, als er sagt, wie Leid es ihm tut, dass sie sterben mussten. Dass er oft an sie gedacht hat: im Gefängnis damals und all die Jahrzehnte seitdem. Doch stärker als das Bedauern ist auch jetzt noch die Erleichterung, dass er nicht dabei war.

DIMITROFF

– Mein Vater gehört nicht zu meinem Leben.

Sagt ihr Mann.

– Der Mann ist kein Vater. Er ist eine Belanglosigkeit.

Und sie sagt

– *Wenn er so belanglos ist, warum regst du dich dann über ihn auf?*

Und ihr Mann seufzt und liegt still auf dem Sofa neben ihr, und sie spürt, wie seine Brust sich mit dem Atem hebt und senkt, hebt und senkt und sein Herz schneller schlägt als sonst.

Hannah hat ihren Schwiegervater nur einmal gesehen, vor acht Jahren. Bevor die Herzprobleme anfingen und die Schlaganfälle. Er kam zu ihrer Hochzeit, in seinem üblichen schwarzen Mantel, die schwarze Baskenmütze auf dem Kopf. Seine erste Auslandsreise seit dem Fall der Mauer. Zum ersten Mal auf der anderen Seite des jetzt zerrissenen Eisernen Vorhangs. Gegner von Jochens amerikanischem Traum, wie er es nannte, enttäuscht, fuhr er fort, dass sein Sohn sich so habe einwickeln lassen, wie er bei dem Empfang verkündete.

– Westdeutschland war schon schlimm genug, aber die USA … Das werde ich wohl nie verstehen.

Er lächelte, als er das sagte, doch niemand lachte, denn es war keineswegs klar, ob er scherzte.

Den ersten Schlaganfall hatte er zwei Jahre später, und Jochen flog nach Berlin. Als es seinem Vater wieder gut genug ging, fuhr er ihn quer durch Deutschland zu Karl, seinem älteren Bruder: nach Frankfurt am Main. Es sollte eine vorübergehende Lösung sein, für die Zeit der Rekonvaleszenz. Sechs Jahre später ist er immer noch dort, und jetzt ist die Lage kritisch.

– Er hat nie einen Finger für uns gerührt, Hannah. Meine Mutter hat alles gemacht.

Jochen wiederholt diesen Satz immer wieder, wie ein Mantra. Morgens meist, manchmal auch, wenn sie zu Bett gehen. Eine Abwehrreaktion, glaubt Hannah, auf das Abgleiten seines Vaters ins Alter, auf seine Armut. Aber nicht unbedingt die ganze Wahrheit über Jochens tiefere Gefühle. Ihre eigenen Eltern sind noch jung, noch nicht einmal im Ruhestand, und sie weiß, dass sie nicht vorhersagen kann, wie sie selbst reagieren wird, wenn die beiden einmal so weit sind. Und doch: Diese neue, verbitterte Seite an ihrem Mann beunruhigt Hannah.

Es ist eine Zeit häufiger Telefonate. Ferngespräche der Brüder zwischen Brooklyn und Frankfurt. Diagnosen, neueste Entwicklungen, endlose Debatten. Sicherheit vor Würde, Hauspflege oder Pflegeheim, woher soll das Geld dafür kommen, was meinst du damit, dass seine Versicherung das nicht übernimmt, warum hat er sich dann nicht privat versichert, verdammt noch mal.

– Aber wir haben doch Geld, Jochen. Und Karl auch. Wo ist das Problem?

– Mein Gott, Hannah. Es geht doch nicht um das Scheißgeld.

Jochen flucht wie ein Amerikaner, hört sich aber an wie ein Deutscher, wenn er wütend wird. Flache Vokale, scharfe Konsonanten. Hannah ist versucht zu lächeln, aber sie erschrickt auch. Fast ein Jahrzehnt zusammen, und sie hat ihn noch nie so wütend erlebt.

Sie fahren übers Wochenende aufs Land, weg vom Telefon.

– Meine Mutter hat ihn verlassen. Und ein paar Jahre später sind wir aus der DDR weg.

Jochen fährt, Hannah sitzt hinten, zwischen den schlafenden Zwillingen in ihren bunten, gepolsterten Sitzen. Lange Gesprächspausen, nur der Motor, die Reifen auf der Straße, und Hannah wartet darauf, dass Jochen weiterspricht, schaut auf das Band der Autobahn vor ihnen, auf den Hinterkopf ihres Mannes.

– Ich war damals fünf. Dann war Karl neun oder zehn.

Irgendwie ist Hannah froh. Nicht weil ihr Schwiegervater krank und ihr Mann unglücklich ist, sondern weil Jochen überhaupt darüber redet. Über sein Leben, bevor sie ihn kennen gelernt hat, dieses Leben, das bis jetzt, da so vieles zum Vorschein kommt, nie verborgen schien.

– Ich bin froh, dass sie's getan hat. Uns mitgenommen.

Das Leben mit einem abwesenden Vater war schlimm genug, aber mit ihm als ständig anwesendem Vater wäre es unerträglich gewesen.

– Er hat sich nicht für uns interessiert. Was wir gern machten, wie wir über dies oder jenes dachten. In der Hinsicht haben wir für ihn gar nicht existiert.

Jochens harte Worte sind nicht immer leicht auszuhalten, aber Hannah lässt nicht locker, hofft auf eine Äußerung, die ihr verstehen hilft, woher diese Härte kommt.

– Vielleicht, weil ihr nicht mit ihm zusammengelebt habt?

– Nein. Frag Karl. Er ist älter, erinnert sich an mehr. Nein, das war schon so, bevor wir weggegangen sind.

Dass sie den Osten ohne Probleme verlassen konnten, ist für Jochen der abschließende Beweis. Dafür, dass sein Vater sie nicht liebte. Er hatte seine Beziehungen, beharrt Jochen, er war kein unbedeutender Mann. Tausende stellten jedes Jahr Anträge auf Verwandtenbesuche im Westen, nur ein Bruchteil davon wurde genehmigt. Rentner durften fahren: nicht mehr zu gebrauchen, und Jochen glaubt, dass sie auch in diese Kategorie fielen. Die Behörden waren paranoid, kontrollierten alles, aber dumm waren sie nicht, sagt er. Der Antrag seiner Mutter ging sehr schnell durch, obwohl allen klar war, dass sie nicht zurückkommen würde. Hannah schaut auf die New Yorker Straßenlandschaft hinaus, hört zu, fragt nichts, wirft nichts ein, aber wenn sie ehrlich ist, findet sie Jochens Logik etwas schwer nachzuvollziehen.

– Du sagst doch immer, du bist froh, dass du im Westen aufgewachsen bist.

– Darum geht es nicht, Hannah. Wir waren ihm egal. Er wollte nichts von uns wissen.

Dieser Punkt erscheint Hannah am wenigsten plausibel. Nach seiner Rede bei der Hochzeit forderte ihr Schwiegervater sie zum Tanzen auf. Jochen hatte sie gewarnt: Er würde schwierig sein; hatte ihr nicht gesagt, dass er auch so nett sein konnte. Er unterhielt sich lange mit ihr über ihre Arbeit, ihre Familie, ihre Hoffnungen für die Zukunft. Zeigte, dass er sie mochte, sie interessant fand.

– *Als Mensch. Nicht einfach nur als seine Schwiegertochter,*

sagt Hannah zu ihrem Mann, beobachtet seine Reaktion im Rückspiegel. Die traurigen Augen, das Achselzucken.

Zu dem wenigen, was sie vom Vater ihres Mannes weiß, gehört, dass er Kommunist ist.

– Alt. Schon, als ich noch klein war. Fünfzig bei meiner Geburt.

1965. Hannah rechnet rückwärts bis 1915 und dann wieder vorwärts. 1933 achtzehn. Sie fragt nicht, was unter Hitler mit ihm war, weiß nur zweierlei: dass es schlimm gewesen sein muss und dass er überlebt hat.

– Genug jetzt, das ist langweilig, reden wir von was anderem.

– *Mein Gott, J. Warum sagst du das immer? Was soll denn das?*

Sie stritten sich oft so, nachdem sie zusammengezogen waren. Immer wenn sie über Deutschland redeten, was häufig der Fall war, denn die Zeitungen waren voll von der

Wiedervereinigung, und Hannah interessierte sich dafür, schnitt das Thema oft an.

– Es ist eben kompliziert. Und für Nichtdeutsche bestimmt nicht besonders interessant.

– Nein. Nein, das ist es ja gerade. Kaum wird es richtig interessant, würgst du das Gespräch mit deiner lahmen Das-ist-langweilig-Ausrede ab.

– Das ist keine Ausrede.

– Doch. Doch, das ist eine. Du sagst, du kannst es nicht erklären, aber in Wirklichkeit willst du das gar nicht. Und weil ich keine Deutsche bin und es sowieso nicht verstehen würde, brauchst du's auch nicht zu erklären. Punktum.

Meist gelang es Hannah auf diese Weise, den Streit für sich zu beenden, und dann folgte ein in ihren Augen nachdenkliches Schweigen. Bis zu dem Abend, als Jochen sie festnagelte.

– Ich will nicht mit dir über die Nazis reden, Hannah.

Er sagte es ruhig, nüchtern.

– Wir unterhalten uns über Deutschland. Wir fangen mit der Wiedervereinigung an oder mit meinen Eltern, und nach fünf Minuten sind wir wieder bei den Nazis. Ich will das nicht. Es reicht.

Eine lapidare Äußerung, die Hannah sofort in die Defensive drängte.

– Aber dein Vater hat doch gegen sie gekämpft, oder? Ist das nicht wichtig?

– Und jetzt soll ich nein sagen, damit du dich überlegen fühlst?

– Du willst einfach kein gutes Haar an ihm lassen. Du erträgst es nicht, dass er in seinem Leben auch etwas Mutiges getan hat, etwas Richtiges.

– Hannah, auf die Gefahr hin, dass es herablassend klingt: Es ist wesentlich komplizierter.

Da verstummte Hannah, und Jochen tat es Leid, dass er so schroff gewesen war. Später redete er dann doch noch kurz mit ihr darüber. Versuchte ein wenig zu erklären, wie er die Nazivergangenheit sah.

– Ich weiß, dass sie zum Leben meines Vaters gehört und damit auch zu meinem. Und ich weiß natürlich auch, dass es wichtig ist. Aber du kennst meinen Vater nicht, und du bist nicht in Deutschland aufgewachsen, ob im Westen oder im Osten. Du kannst dir nicht vorstellen, wie einem die Vergangenheit dort in den Knochen steckt. Alte Nazis, Opfer, die Leute, die sie bekämpft haben. Gebäude, Straßennamen, Graffiti, Zeitungsartikel.

Er zuckte die Schultern.

– Und mein Vater, der konnte überhaupt nur das sehen. Für alles andere war er blind.

Dieses Gespräch fällt Hannah jetzt wieder ein, als sie von ihrem Wochenende auf dem Land zurückfahren. Sie liebt ihren Mann. Weiß, wie schwer es ihm gefallen sein muss, das zu sagen, ist froh, dass er es versucht hat, und doch bringt der Gedanke daran sie auf. Weil sie weiß, dass er manchmal sehr wohl darüber redet. Nicht mit ihr, aber am Telefon mit seinem Bruder, das hat sie gehört, und in der Küche bei Karls letztem Besuch. Auf Deutsch und so schnell, dass sie ihn nicht verstand, aber sie erkannte den zornigen, empörten, traurigen Tonfall wieder. Stand still im Flur und lauschte: ausgeschlossen.

– Ihr Mann ist Deutscher, nicht wahr?

Die erste Frage der Hebamme nach der Geburt der Zwillinge. Leise, verschwörerisch, mit einem wissenden Nicken. Was hat er an sich? Nicht groß, nicht blond, kaum Akzent, und trotzdem unveränderlich, unverkennbar *deutsch*.

Der Sommer vergeht, der dritte Geburtstag der Zwillinge. Jochen sperrt sich, Hannah bleibt hartnäckig. Sie würde ihren Schwiegervater sehr gern wiedersehen, mehr über ihn erfahren. Jochen ist erst nicht sehr erpicht darauf, seinen Vater zu besuchen, aber die Wochen vergehen, und er redet mehr, liefert sogar ungefragt Informationen.

Sein Vater hat Artikel und Bücher geschrieben, über die kommunistische Bewegung im Deutschland der Vorkriegszeit, die deutsche Teilung nach dem Krieg. Er war eine Art Autorität in DDR-Kreisen, war eine Zeit lang auch in linken westdeutschen Kreisen berühmt. Jochen erinnert sich, dass er seinen Namen einmal in einem Schulbuch fand, in einer Liste prominenter Nazigegner, und trotzdem ist er nicht stolz auf die Ideale seines Vaters, auf das, was er erreicht hat. Die wenigen Male, die er darüber spricht, tut er es bestenfalls sarkastisch, schlimmstenfalls ausgesprochen gemein.

– Nachkriegsdeutschland, wie mein Vater es sieht, ja? Im Osten die Guten, die Arbeiter und Bauern, im Westen die Kapitalisten, die alten Nazis, die in ihren Bestechungs-

und Untergrabungsbestrebungen natürlich vor nichts Halt machen. Und um sich diese Faschisten und Ausbeuter vom Leib zu halten, musste man bedauerlicherweise eine schöne große Mauer bauen

– *Jetzt hör aber auf. Er ist ein intelligenter Mann. So simpel kann es doch nicht sein.*

– Okay, zugegeben, vielleicht bin ich etwas zu hart. Aber für ihn war der Kalte Krieg westliche Aggression, und alles, was im Osten passierte, war irgendwie eine Abwehrreaktion. Das ist das Schlimme, verstehst du, diese Heuchelei.

– *Der Staat war heuchlerisch oder dein Vater?*

– Hör zu, Hannah: Mein Vater hat *ein* repressives Regime bekämpft und seinen Ruf dann dazu benutzt, ein anderes zu verteidigen. Er war so selbstgerecht, was die Journalisten betraf, die für die Nazis gearbeitet haben, und dann hat er sein ganzes Berufsleben lang selber nur Lügen und Rechtfertigungen geschrieben.

Seine Bücher sind vergriffen, aber Hannah findet einen Artikel ihres Schwiegervaters im Mikrofiche-Raum der Universitätsbibliothek. Die Sprache ist in der Tat abschreckend, das Foto des Autors aber faszinierend. Verschlossen, vorsichtig. Ein Gesichtsausdruck, den sie von ihrem Mann kennt.

Ihre Diskussionen in diesem Herbst sind oft spannungsgeladen, aber sie streiten immer weniger, und Hannah registriert, dass Jochen manchmal, wenn er mit seinem Bruder telefoniert, auch kurz mit seinem Vater spricht. Und dann, unmittelbar vor Weihnachten, gibt es wieder Aufregung um den Gesundheitszustand ihres Schwiegervaters, und sie kann Jochen überreden. Zum Jahreswechsel fliegen sie mit ihren Söhnen nach Deutschland, weil auch Jochen der Meinung ist, dass die beiden ihren Großvater kennen lernen sollten. Dass er seine Enkel wenigstens einmal gesehen haben sollte, bevor er stirbt. Er schreibt ihnen einen Brief, der alte Mann, als Antwort auf die Ankündigung ihres Besuchs. Kurz und knapp, auf Englisch: Hannah benützt ihn als Lesezeichen in dem Buch, das sie den Zwillingen im Flugzeug vorliest.

Wenn ihr schon die weite Reise macht, wäre es doch schade, die ganze Zeit in Frankfurt zu verbringen. Ich würde daher dringend empfehlen, dass wir eine Fahrt nach Berlin machen.

– Kommt nicht infrage.

Jochen nickt zu dem Brief hin, seinen Gratisdrink in der Hand.

– *Warum nicht?*

– Karl sagt, es geht ihm nicht gut genug.

– *Hat er deinen Dad gefragt?*

Jochen zuckt die Schultern. Sie verlieren rasch an Höhe, als sie sich Frankfurt nähern, und die Zwillinge reiben sich die Ohren und verziehen das Gesicht zu einem übertriebenen Gähnen.

– *Er will hin, ich will hin. Du kannst ja mit den Jungen bei deinem Bruder bleiben. Ich fahre mit deinem Dad nach Berlin.*

– Das ist keine gute Idee, Hannah. Er ist zu alt, er ist krank. Das wäre ein Albtraum.

– *Woher weißt du das?*

Karl holt sie am Flughafen ab. Hannah erzählt ihm von dem Brief, und er seufzt, während er den Kofferkuli vor sich herschiebt.

– Er führt irgendetwas im Schilde.

Hannah sitzt wieder hinten, zwischen ihren Söhnen, die nach dem langen Flug unruhig sind. Sie holt Zwieback und Spielzeug aus ihrer Tasche und versucht dabei, ihren Mann und ihren Schwager im Auge zu behalten. Müht sich, sie zu verstehen, wird sich bewusst, dass sie die einzige Frau im Auto ist, umgeben von zwei Generationen ihrer männlichen Verwandten: alle müde und angespannt, die Schultern zu den Ohren hochgezogen.

Ihr ältester männlicher Verwandter reagiert auf ihre Idee, einen Wagen zu mieten und nach Berlin zu fahren, mit ruppigem Enthusiasmus.

– Ja, sehr schön. Ich geh jetzt ins Bett, wir sehen uns morgen früh.

Die Zwillinge schlafen in Kinderreisebettchen im Wohnzimmer, Karl, Hannah und Jochen essen in der kleinen Küche.

– Wenigstens druckt jetzt niemand mehr seine Sachen. Nicht einmal, wenn er noch schreiben würde.

Karl dreht sich eine Zigarette, wechselt einen Blick mit Jochen und sagt dann zu Hannah

– Das war die schlimmste Zeit. Nach der Wiedervereinigung, als die Stasi-Akten geöffnet wurden.

– *Hat er für die Stasi gearbeitet?*

– Ja, er hat für die Stasi gearbeitet, er war einer ihrer Informanten. Informeller Mitarbeiter.

– Aber er war nicht der Einzige. Es gab doch Tausende davon, oder?

– Ja, sicher, aber bedeutet das, dass er für sein Handeln nicht verantwortlich ist?

Karl wird nicht lauter, aber sein Tonfall hat sich verändert. Er sieht Jochen an und fährt dann fort

– Er war gegen die Nazis, er hat für die Sache gelitten. Er dachte wohl, dass ihn das freispricht.

Jochen macht eine neue Flasche auf und nickt zu den Worten seines Bruders. Hannah seufzt, denkt, Söhne können genauso dogmatisch sein wie ihre Väter.

– Einer unserer Cousins, Sascha, hat als Student ein paar kritische Aufsätze geschrieben. Regimekritische, und deshalb hat man ihn von der Universität geworfen.

– Was hat er denn geschrieben?

– Ach, unfreundliche Dinge über Honecker: nichts Weltbewegendes. Aber er wurde eine Zeit lang beobachtet, von der Stasi. Und ohne Abschluss waren seine Berufsaussichten gleich null.

– Und daran ist euer Vater schuld?

– Mit Sicherheit kann man das natürlich nicht sagen, aber unser Vater hat eine Weile bei Saschas Familie gewohnt. Wer weiß, durch was für eine Information sie auf Sascha aufmerksam wurden. Sascha sagt, er hat Dinge in seiner Akte gelesen, die nur unser Vater wissen konnte.

Hannah spürt, dass Jochen sie ansieht. Sie richtet den Blick auf eine Stelle hinter Karls Schulter.

– *Wisst ihr, wie er jetzt denkt?*

– Nein, er lässt sich mir gegenüber auf nichts ein. Das nervt mich am meisten. Da beißt man auf Granit. Kein Gespräch, nur dieses Schweigen, diese massive Enttäuschung. Als wären wir alle eine Enttäuschung für ihn, die ganze Welt, als wären wir's ihm schuldig, das zu sein, was er von uns erwartet hat, nur weil er es so gern wollte.

– *Er ist ein alter Mann. Er war schon alt, als die Mauer gefallen ist. Vielleicht sollte man nicht zu viel von ihm erwarten?*

– Also, hör mal!

Jochen hat schweigend zugehört, ist jetzt aber verärgert. Er hebt resigniert die Hände. Hannah denkt, er wird das Gespräch gleich für langweilig und somit für beendet erklären.

– *Na schön. Ihr wollt nicht mit mir über die Vergangenheit reden, oder? Vielleicht ist das bei eurem Vater ja nicht viel anders!*

Jochen sieht sie blinzelnd an.

– Da gibt's einen Unterschied, Hannah.

– *Ach, ja?*

– Ja, wirklich. Er glaubt die alten Lügen immer noch.

Die Stasi-Enthüllungen beunruhigen Hannah. Wach neben Jochen auf der Bettcouch, Herzklopfen. Sie atmet tief, kann ihre Lunge aber nicht füllen, bereut den späten Kaffee, den Rotwein am Abend. Jochen schläft ruhig, und sie ist wütend. Fragt sich, warum er und Karl ihr das jetzt erzählt haben: damit sie sich das mit Berlin anders überlegt?

Sie lässt das Gespräch noch einmal Revue passieren, die Blicke, die zwischen den Brüdern hin und her gingen, das gezwungene Lächeln bei ihren Fragen. Sie liegt da und ärgert sich über die beiden. Darüber, dass sie ständig betonen, wie kompliziert die Sache ist, wie unmöglich zu erklären. Denkt, sie genießen ihr Deutschsein mit all seinen Geheimnissen, und dann fühlt sie sich einsam und kommt sich lieblos vor.

Sie wacht früh auf, trifft ihren Schwiegervater schon in der Küche an. Er lächelt und winkt ihr ein stummes Guten Morgen zu. Hannah ertappt sich dabei, dass sie ihn beobachtet, als er ihr Tee einschenkt. Kann sich nicht helfen: Sie ist fasziniert. Von diesem schroffen Mann, der so nett sein kann, diesem so schrecklich bloßgestellten Idealisten. Als sie Toast für sie beide macht, kommt ihr der Gedanke, dass sie immer nur mit den Söhnen zu reden versucht hat, nie mit dem Vater selbst. In ihrer Tasche hat sie eine Straßenkarte von Deutschland und einen Stadtplan von Berlin. Hellwach jetzt, trotz der schlechten Nacht, ist Hannah entschlossen, mit ihm zu fahren.

Die Autobahn ist öde, der Tag kalt und grau, aber ihr Schwiegervater ist ein guter Reisegefährte. Er findet einen Sender ohne Werbung, nennt ihr die Namen der Flüsse, die sie überqueren, bricht eine Tafel Schokolade in gleichmäßige Stücke, legt sie für Hannah gut erreichbar aufs Armaturenbrett.

– Zur Stärkung für die Fahrt.

Nachdem sie zahllose Gesprächsthemen in Betracht gezogen und wieder verworfen hat, redet Hannah die erste Stunde ununterbrochen über die Zwillinge, und obwohl der Großvater interessiert zuhört, fühlt sie sich unbehaglich, ist überzeugt, dass er weiß: sicheres Konversationsterrain. An einer Tankstelle schlägt er vor, einen Kaffee zu trinken. Er sucht ihnen einen Platz am Fenster, und sie lächeln zusammen über die unfreundliche Bedienung und die Plastikpflanzen auf dem Fensterbrett. Hannah denkt daran, wie sie auf der Hochzeit miteinander getanzt haben, ermahnt sich im Toilettenspiegel, lockerer zu sein. Wieder im Auto, lässt sie ihn Fragen stellen: ist erstaunt, was er noch alles weiß, Details, die sie selbst schon vergessen hatte. Dass sie ihre Doktorarbeit kurz vor der Hochzeit abgebrochen hat: die Unmöglichkeit, Arbeit und Forschung unter einen Hut zu bringen, der Ärger mit ihrem Doktorvater. Er zeigt Verständnis für ihren Zorn über die hohen Kinderbetreuungskosten, darüber, dass sie zu Hause bleiben muss, weil sie nicht genug dafür verdienen kann.

– Ja. In der DDR war es für Frauen viel leichter zu arbeiten als jetzt. Gute Kindergärten, vom Staat finanziert.

Er lächelt in der Pause, die daraufhin entsteht.

– Entschuldige. Keine Propaganda. Das war nur eine Sache, die wir richtig gemacht haben, finde ich. Oder jedenfalls besser.

Als sie nach Berlin kommen, hat sich das Wetter geändert. Das Thermometer zeigt zwei Grad unter null, und die Wolken hängen tief und schwer über der Stadt. Vielleicht schneit es, denkt sie und befürchtet, der alte Mann könnte frieren, probiert am Armaturenbrett herum, bis sie die Heizung findet. Die Autobahn endet abrupt, und sie stehen an Ampeln, blinzeln in den Schwaden trockener, warmer Luft, die von der Windschutzscheibe heranwehen. Hannahs Füße sind beengt und heiß in ihren Winterschuhen. Jetzt riecht sie ihren Schwiegervater auch. Fragt sich, wie oft die Pflegerin ihn waschen kommt. Zu viel anderes im Kopf, um selbst daran zu denken: schlurft von Zimmer zu Zimmer, hinterlässt eine Spur angelesener Bücher und Zeitungen.

In der Innenstadt geht es nur noch im Schritttempo vorwärts, und Hannah kämpft mit der Gangschaltung, den Spurwechseln. Ihr Schwiegervater hat nie Autofahren gelernt, sagt er, ist ein schlechter Lotse.

Nach einer Weile setzt sich der alte Mann aufrechter, sagt, sie seien jetzt im Ostteil der Stadt. Der Unterschied ist für Hannah kaum wahrnehmbar: die gleichen hässlichen Wohnblocks, der gleiche hektische Verkehr. Straßenbahnen machen es ihr hier noch schwerer; eine Zeit lang hängen sie hinter einer fest, und die Reifen erzeugen auf den Schienen ein seltsam singendes Geräusch.

Sichtlich erregt dirigiert ihr Schwiegervater sie am Rand des Alexanderplatzes entlang, dann führt eine Umleitung wegen Straßenarbeiten sie in die Karl-Marx-Allee. Der alte Mann lächelt, rutscht auf seinem Sitz hin und her, fragt Hannah mehrmals, ob sie den Fernsehturm im Rückspiegel sehen kann.

– Schau. Wirklich beeindruckend.

Er kann nicht mehr stillsitzen, dreht sich um und möchte aus dem Rückfenster schauen, steife Schultern, die den Gurt spannen.

– Er steht genau in der Fluchtlinie der Straße. Ja, der Winkel müsste stimmen. Ziemlich genau. JETZT. Jetzt, Mädel. Was hast du?

Er sieht sie an.

– Entschuldige. Der Mietwagen. Ich bin ihn nicht gewöhnt, ich konzentriere mich wohl besser auf die Straße.

Er hustet, dreht sich wieder nach vorn und schaut durch die Windschutzscheibe auf die breite, gerade Straße, die imposanten Gebäude.

– Früher hieß sie Stalinallee. Karl Marx ist viel besser.

Er nickt. Hannah sieht die nachdrückliche Bewegung aus dem Augenwinkel.

– Uncle Joe. So haben ihn die Amerikaner genannt, nicht wahr? Die amerikanischen Kommunisten. Die offenbar eine Zeit lang Berufsverbot hatten, ins Gefängnis kamen.

Jetzt sieht der alte Mann sie an.

– Ja.

– Denkt man in Amerika noch daran?

Hannah schaltet herunter, dann wieder hoch.

– Ja, ich glaube schon.

– Hast du in der Schule davon gehört?

– Nein, mein Vater hat es mir erzählt.

Sie wirft ihm einen Blick zu. Er lauscht, wartet auf ihre Reaktion.

– Dann wird dein Vater es auch deinen Kindern erzählen? Oder du selbst?

Die Ampel ist rot, sie muss halten. Hat keinen Vorwand, ihn nicht anzusehen.

– Ja, ich denke schon, dass ich es ihnen sagen werde. Wenn sie alt genug sind.

– Und jetzt meinst du, McCarthy war nichts gegen das, was wir hier gemacht haben. Ja? Und ich rede mit meinen Söhnen nicht darüber, nicht wahr?

Er hat Recht, annähernd zumindest, doch Hannah antwortet nicht. Die Ampel wird grün, und sie fährt weiter, irritiert, weil sie automatisch in Verteidigungsstellung geht, graduelle Unterschiede des Unrechts sieht.

– Meinst du, es ist noch weit bis zum Hotel?

– Wir fahren hier eine Touristenroute. Tut mir Leid. Vielleicht sehe ich die Stadt zum letzten Mal.

– Okay. Ja.

Die blauen Schilder der U-Bahnstationen gleiten vorüber. Und dann dirigiert der alte Mann sie falsch herum in eine Einbahnstraße, sodass sie schnell abbiegen muss, um von den schimpfenden Autofahrern und Fußgängern wegzukommen. Sie gerät ins Schwitzen.

– Tut mir Leid. Anscheinend sind die Verkehrsregeln auch geändert worden, wie alles andere.

Unbeteiligt. Trocken. An der nächsten Kreuzung macht Hannah ihren Mantel auf, sieht die feuchten Flecke unter ihren Armen. Spürt, wie ihr der Schweiß an den Seiten herabrinnt, und fährt und fährt und schweigt, obwohl sie den Eindruck hat, dass sie sich verfahren haben, weil ihr

Schwiegervater zu viel aus dem Fenster und zu wenig in den Stadtplan schaut.

– Hier.

Sie sind an einer belebten Kreuzung. Vier Spuren, Straßenbahnen, Radfahrer, eine Hochbahnstrecke, aber er fordert sie auf anzuhalten.

– Halt, halt. Nicht so weit von der Ecke weg.

– Ist das erlaubt? Ich glaube, ich darf hier nicht parken.

– Es dauert nicht lange.

Der Wagen rollt noch, als er schon die Tür öffnet.

– Moment noch.

Aber er hört nicht auf sie. Bis der Wagen gerade steht und Hannah die Warnblinkleuchte gefunden hat, marschiert ihr Schwiegervater schon zur Ecke zurück. Als sie ihn einholt, hat er sich bereits unter einem Straßenschild aufgebaut und spricht mit erstaunlich lauter Stimme zu den Leuten, die an der Ampel warten. Die meisten gehen los, als es grün wird, aber einige bleiben stehen und hören zu.

Hannah tritt vor und fasst ihn am Arm, doch er schüttelt sie ab, öffnet seine Aktentasche und nimmt ein langes weißes Stück Pappe heraus, auf dem in schwarzen Lettern *Dimitroffstraße* steht. Selbst gebastelt, die Linien ein wenig zittrig, das Ganze aber sehr liebevoll gemacht; auf der Rückseite sind kleine Messinghaken angeklebt, und er hält das Schild hoch, damit die Leute, die sich um sie versammeln, es lesen können.

Der Nachmittag ist kalt, und es wird bereits dunkel. Ein kleiner Menschenauflauf hat sich gebildet, fünfzehn bis zwanzig Personen, und Hannah mitten darin. Sieht ihren Schwiegervater gestikulieren und schreien: ein dünner Mann in einem dünnen Mantel, seltsam zerbrechlich. Die Leute um sie herum reden, manche Stimmen scharf, andere aber vergnügt, lachend. Ein Hochbahnzug rumpelt vorüber, übertönt den alten Mann. Er zeigt auf das Straßenschild über ihm: *Danziger Straße*. Es hat angefangen zu schneien.

Danzig kennt sie. *Gdansk*. Früher deutsch, jetzt polnisch. Aber *Dimitroff*?

Ein junger Mann ist vorgetreten. Blaue Haare, zerrissene Hose, ein seltsamer Partner für Hannahs Schwiegervater, aber sie schütteln sich herzlich die Hand, und dann nimmt der junge Mann das Pappschild zwischen die Zähne und klettert den Mast hinauf. Als er die handgemalten Worte über das Straßenschild hängt, jubeln ein paar Leute aus der Menge, andere schimpfen laut, wieder andere gehen weg. Der Junge mit den blauen Haaren lächelt triumphierend, verlegen. Er rutscht ein Stück hinunter, zögert, weiß nicht, ob er springen soll, und Hannah geht hin, um ihm zu helfen.

Sechs oder sieben Leute sind jetzt noch übrig, und der alte Mann steht mit tränenden Augen zwischen ihnen, noch immer gestikulierend, die Wangen vom Wind gerötet. Hannah überlegt, ob sie ihren Schwiegervater wegholen soll, aber es ist eine angeregte, komplizierte Unterhaltung, und sie weiß nicht, ob sie sie unterbrechen kann. Sie gibt dem Jungen mit den blauen Haaren ein Taschentuch, fragt ihn, ob er Englisch spricht.

– Dimitroff war ein Kommunist, in der Nazizeit. Danke.

Er wischt sich die Hände erst an seinen weiten Hosen, dann an Hannahs Taschentuch ab, lächelt.

– So hieß die Straße früher, Dimitroffstraße, als das hier noch Ostberlin war.

Der Schnee bleibt jetzt liegen, fällt auf die handgemalten Buchstaben von Dimitroffs Namen, wird unter den vorbeifahrenden Autos zu zischendem Matsch. Die kleine Gruppe, Stimmen und Arme erhoben, achtet nicht auf Dunkelheit und Wetter, debattiert über eine Geschichte, von der Hannah kaum etwas weiß. Sie macht ihren Mantel wieder zu, und der junge Mann zeigt auf ihren Schwiegervater.

– Er ist vielleicht ein bisschen verrückt, aber harmlos.

– *Worüber reden sie denn? Verstehen Sie sie?*

– Fragen Sie mich nicht, das sind alles Ossis.

– *Sie sind nicht aus dem Osten?*

Er zuckt die Schultern.

– Nein, ich studiere hier nur. Bin aus Hamburg. He!

Hannah sieht nicht, wie die Frau ihren Schwiegervater schlägt. Nur dass er die Hände ans Gesicht hält, die Baskenmütze neben ihm auf dem nassen Asphalt.

– *He!*

Hannah stellt sich vor den alten Mann, schaut in entsetzte, zornige Gesichter. Und da verschwinden sie schon, ziehen sich zurück, die Frau, die ihren Schwiegervater geohrfeigt hat, als Letzte. Sie weint.

Der alte Mann sitzt neben ihr, schwer atmend, und Hannah versucht zu fahren, aber ihre Füße zittern auf den Pedalen, und ihre Arme fühlen sich kraftlos an. Sie biegt von der Hauptstraße ab, parkt in einer Seitenstraße, versucht sich zu sammeln, nimmt den Stadtplan, sucht den Kugelschreiberkreis, der das Hotel markiert. Es ist nicht weit, hat der Junge mit den blauen Haaren gesagt, leicht zu finden. Sie möchte nur einen Moment anhalten, sich ein wenig beruhigen. Der alte Mann sitzt still da, blinzelnd, die Schultern hochgezogen. Hannah legt ihm die Hand auf den Rücken, aber er reagiert nicht, und nach einer Weile nimmt sie sie wieder fort.

Straßenbahnen fahren, Leute gehen vorbei, die Laternen brennen, Ladenschilder leuchten: Abend. Hannah überlegt, wie sie Jochen die Szene beschreiben soll. Sie fühlt sich ausgeschlossen, aber auch irgendwie erleichtert. Nicht deutsch.

Georgi Dimitroff war Kommunist und einer jener drei Männer, die von den Nazis zu Unrecht beschuldigt wurden, für den Reichstagsbrand 1933 verantwortlich zu sein. Er verteidigte sich vor Gericht, demütigte die Nazi-Juristen und gewann schließlich den Prozess.

ZWEITE WAHL

Schlesien, Polen. 1996.

Ewa ist zu früh da. Adela hat gesagt, sie soll an der Ausfallstraße warten, sie würden sie um zehn abholen, dort, wo vorletzten Sommer der Betonboden für die Tankstelle gelegt worden ist. Ewa hat Kleider für sechs Wochen in einer Tasche mit Reißverschluss und noch zwanzig Minuten zu warten. Die Häuser verlieren sich hier allmählich in der Landschaft: dunkle Felder und eine dünne Baumreihe am nahen Horizont. Das Frühjahr war nass, und in den Ritzen des unbenutzten Vorplatzes wächst dicht und dunkelgrün das Unkraut. Nur wenige Autos fahren vorbei, ein paar Leute sammeln sich an der Kreuzung, halten nach dem Morgenbus Ausschau, der kommt und wieder abfährt. Sie begrüßen und verabschieden sich, bilden kleine Gruppen, zerstreuen sich wieder. Ewa steht allein da, auf der anderen Straßenseite, wartet.

Jetzt noch östlich der deutschen Grenze, wird sie bald südlich von Berlin sein, wo der Boden aus mehr Sand als Erde besteht. Spargelland. Selbst in der Stadt, so weiß Ewa, spürt man ihn unter den Füßen: den Sand, der über Hinterhöfe, Bürgersteige und Straßen weht. Sie war noch nicht dort, hat aber davon gehört: malt es sich seit Wochen aus, seit Adela ihr von dem Job erzählt hat. Frühjahrsernte: Spargel für die deutsche Hauptstadt. Sechs Wochen bücken und stechen: sieben Tage, Überstunden, kein Problem: je mehr Arbeit, desto mehr Geld, umso besser. Und ein Zweimonatsvisum.

Adela verspätet sich, Ewa setzt sich auf ihre Tasche. Am anderen Ende der Straße taucht ihre Schwester auf, und sie hat Jacek bei sich. Ewa stöhnt, als das Fahrrad um die Ecke biegt: Dorota tritt in die Pedale, Jacek sitzt auf dem Lenker, mürrisch. Nichts geht heute nach Plan.

– Adela hat angerufen,

ruft Dorota, sobald sie in Hörweite sind.

– Sie müssen einen Reifen wechseln. Sie kommen, so schnell es geht.

Ewa steht auf, als ihre Schwester bei ihr ist. Versucht den Blick ihres Sohnes aufzufangen, aber Jacek rutscht vom Lenker, hält das Gesicht abgewandt. Ewa hat sich heute Morgen schon von ihm verabschiedet, glaubt, dass Dorota ihn absichtlich mitgenommen hat, um es ihr schwerer zu machen.

– Wir wollten dir Gesellschaft leisten.

Ewa nickt, und Jacek nimmt das Rad und fährt in weitem Bogen um seine Mutter und seine Tante herum. Über den gesprungenen Beton, auf die Straße hinaus und zurück, immer im Kreis. Die Beine noch zu kurz für den Sattel, steht er auf den Pedalen, Arme zum Lenker hochgereckt. Ewa redet mit ihm, während er seine Runden dreht.

– Nur diesen und nächsten Monat, das weißt du doch, dann ist die Miete bezahlt, und ich komme zurück. Und vielleicht können wir dann sogar ein Fahrrad kaufen. Rechtzeitig für den Sommer, Jeżyku.

Er radelt und radelt. Ewa wendet sich ihrer Schwester zu, und Dorota küsst sie, fasst sie dabei aber fest an den Armen.

– Ich weiß, was du vorhast.

Ewa blinzelt. Küsst ihre Schwester ebenfalls. Man kann vor Dorota nichts verheimlichen.

– Du warst bei Piotrs Mutter.

Ewa überlegt einen Moment, ob es sich lohnt zu leugnen, zu lügen, da fährt Jacek wieder vorbei.

– Du warst bei der alten Hexe.

– Nenn deine Großmutter nicht so, Jacek.

Ewa schaut von ihrem Sohn zu ihrer Schwester. Dorota zuckt die Schultern.

– Ich hab dich dort gesehen. Heute früh.

Ewa seufzt.

– Und du hast es natürlich Jacek gesagt.

– Ich werd ihn nicht anlügen.

– Ist er dein Sohn oder meiner?

– Sie ist meine Mama, solange meine Mama in Deutschland ist.

Jacek radelt weiter. Dorota errötet. Ewa lacht.

– Das hast du ihm auch gesagt, ja?

Die jungen Frauen sehen sich an. Beide haben rotes Haar, rötlich braun gefärbt und lang um das blasse Gesicht herum.

– Ich will dorthin, Dorota. Ich will Geld für uns verdienen, für mich und Jacek. Und nach Berlin will ich auch. Piotr sehen. Hören, was er sagt.

Der Junge fährt jetzt hinter ihnen auf der leeren Fläche

hin und her. Beschleunigt, bremst scharf, versucht das Hinterrad über den Beton schurren zu lassen. Ab und zu gelingt es ihm, und dann ruft er seiner Mutter etwas zu, und sie winkt. Die übrige Zeit redet sie mit ihrer Schwester oder steht schweigend da. Sie teilen sich eine Zigarette, und wenn sie sprechen, spiegeln die Gesten der einen die der anderen wider. Beredtes Schulterzucken, über die Unterlippe streichender Daumennagel.

– *Sie wollte mir seine Berliner Adresse nicht geben, die alte Hexe. Hat nicht mal nach Jacek gefragt, nichts.*

Sie nimmt einen Umschlag aus ihrer Tasche, schüttelt ihn, damit ihre Schwester hören kann, dass Münzen darin sind, und erzählt dann, wie ihr Schwiegervater ihn ihr zugeworfen hat, als sie ging. Sie war schon auf dem Weg zur Straße, da hörte sie ihn pfeifen und sah, wie er sich im Unterhemd aus dem Toilettenfenster beugte.

– *Ich wusste gar nicht, dass der alte Mann da war. Muss die ganze Zeit im Bad gewesen sein. Der einzige Raum in der Wohnung, den man absperren kann. Jetzt, wo er und die Alte allein sind, schließt er sich wahrscheinlich dauernd da drin ein.*

Jacek ruft, Dorota winkt, Ewa lächelt, öffnet den Umschlag, zeigt ihrer Schwester: dreiunddreißig Mark und Piotrs Adresse.

– Ich glaube, das ist keine gute Idee, Ewa.

– *Ich weiß.*

Adela kommt, eine Stunde später als geplant. Kleines Auto, voll geladen mit Koffern und Kartons, anderen Spargelstechern: Adelas Bruder Marek und zwei Cousins. Während Ewa ihre Tasche im Kofferraum verstaut, machen sie auf dem Rücksitz Platz für sie.

Ihr Sohn hält an, schaut zu.

– *Ich fahre jetzt, Jeżyku. Sagen wir uns noch mal tschüss.*

Er steht mit Dorotas Rad am anderen Ende der Fläche, wo der Beton in Matsch und dann in ein Feld übergeht. Ewa winkt ihn heran, aber er kommt nicht. Stocksteif, blaues T-Shirt und lange, helle Haare. Er schaut, und Ewa ruft, lachend erst, aber dann sagt sie komm schon und bitte.

– *Jacek. Bitte.*

Einen Moment lang herrscht Stille. Beide stehen blinzelnd da, Mutter und Sohn. Und dann dreht Jacek sich um: lässt das Rad fallen und läuft weg. Schnell, ohne zurückzuschauen: verschwindet, wo die Straße nach Süden in die Stadt abbiegt. Ewa bleibt mit dem verlassenen Fahrrad und dem klickend rotierenden, auf der Seite liegenden Vorderrad zurück.

Die anderen im Auto sind nett. Zusammengepfercht, tun so, als würden sie nicht merken, dass Ewa weint. Sie schaut auf die vorbeiziehenden Felder hinaus, auf Polen, das geht, Deutschland, das kommt, fühlt die Tränen auf ihren Wangen trocknen, straff, juckend. Ein paar Stunden nur noch, dann sind sie schon auf dem Hof, und morgen fangen sie an zu arbeiten. Sie wird Geld verdienen, und dann wird sie sich auf den Weg machen. In ihrer Tasche hat Ewa eine Berliner Adresse. Keine Telefonnummer. Und das ist gut so. Sie will ihn nicht anrufen. Keine Vorwarnung.

Dorota ist versucht, es Jacek zu sagen, aber sie tut es nicht: was seine Mutter vorhat, wenn sie ihren Lohn bekommt. Dort drüben, auf der anderen Seite der Grenze. Obwohl sie ihn erst zwei Stunden, nachdem Ewa abgefahren ist, findet und er keinerlei Reue zeigt. Obwohl der Salon seinetwegen den ganzen Vormittag geschlossen bleiben muss und die Kundinnen verärgert sind. Nicht einmal, als er mit den Füßen gegen die Tischbeine tritt und nichts zu Abend essen will und die ohnehin schon kleine Küche noch viel kleiner wird und ihr Mann Tadeusz seinen Teller nimmt und im Stehen draußen im Flur isst. Auch dann noch respektiert Dorota den Wunsch ihrer Schwester und beißt sich auf die Zunge.

Als Piotr ging, hatte er Ewa nichts gesagt, hatte einfach nicht gesagt, dass er gehen wollte. Dorota weiß nicht recht, ob sie das glauben soll, doch ihre Schwester hat stets darauf beharrt. Kreuzte eines Morgens mit Jacek und zwei Taschen bei ihr auf und sagte, Piotr sei schon seit drei Tagen weg.

Ewa weinte nicht, Jacek dagegen die ganze Zeit. Wochenlang war kaum ein Wort aus ihr herauszubekommen. Er habe einen Brief geschrieben, sagte sie nur: mit polnischer Briefmarke noch, aber aus einer Stadt an der Grenze. Darin stand, dass er weg sei, aber weder wohin noch für wie lange.

– Und er hat nicht gesagt, warum? Er hat nie auch nur die leiseste Andeutung gemacht?

Ewa legte die Hände vors Gesicht, als Dorota zu schreien anfing, sprach hinter ihren Handflächen hervor, leise, monoton. Beim Packen habe sie seine Sachen durchsucht. Im Schrank, in den Schubladen, im Wäschekorb, unter der Matratze. Sie habe nichts gefunden, und nur eine Garnitur Kleider zum Wechseln habe gefehlt.

Im Winter zuvor, als der Abfüllbetrieb schloss, hatte er zwar seine Arbeit verloren, aber das hatten über hundert andere in der Stadt auch. Sie waren nicht weggegangen, zumindest nicht so schnell, und wenn, dann schickten sie ihren Familien wenigstens Geld, versprachen zurückzukommen. Es war keine leichte Zeit, für niemanden, aber sie hatten wahrhaftig Schlimmeres erlebt. Die Wahlen waren gerade vorbei, man hatte eine neue Regierung, ein ganz neues System, und man wusste, dass es eine Zeitlang schwierig sein würde, doch Ewa sah keinen Sinn darin zu gehen: nicht jetzt, da sich alles änderte.

Dorota versuchte sie zu verstehen. Nicht nur Piotr, sondern auch ihre Schwester: warum sie so still war, warum sie nie Fragen stellte. Tadeusz besorgte Ewa den ersten einer Reihe von Jobs: abends bei seinem Bruder in der Bäckerei. Dann zwei Zimmer in der Nähe, nicht allzu teuer. In dieser ersten Zeit war das Geld oft knapp, und sie taten ihr Möglichstes, um ihr zu helfen. Dorota passte mehrmals in der Woche auf Jacek auf und versuchte mit ihrer Schwester zu reden, wenn sie von der Arbeit nach Hause kam. Doch Ewa sagte immer nur

– *Ein andermal, ja? Ich bin müde, okay?*

Und dann legte sie sich zu ihrem Sohn ins Bett und bat Dorota, beim Weggehen das Licht auszumachen.

Es war Frühling damals und kühl und nass, wie jetzt.

Jacek war zwei, sie waren seit fast drei Jahren verheiratet, und Ewa war knapp zwanzig.

Dorota glaubt, dass Ewa es jetzt wissen will. Und sie kann es ihr nicht verdenken.

Es regnet in der ersten Woche auf dem Hof, fast ununterbrochen. Aber es ist warm, und die Spargel schieben sich durch die feine Erde nach oben, helle Köpfe auf den dunklen Wällen.

Es ist eine schweißtreibende Arbeit, und Ewa bückt sich, kauert, gräbt mit der linken Hand, stößt mit der rechten das Spargelmesser in die Erde. Sie sind zwanzig, bewegen sich die Reihen entlang, der Bauer zeigt den Neuen, wie es geht, arbeitet dann neben ihnen. Er spricht nur ein paar Worte Polnisch, das Nötigste, erklärt methodisch durch Vormachen, zieht die dicken, gelblich weißen Spargelstangen aus dem sandigen Boden. Ewa wird schneller, die Stangen, die sie schneidet, werden länger: Sie lernt den Schnitt vorausberechnen, nachlassen, wenn die Klinge eindringt. Schweiß sammelt sich in Tropfen auf ihrem Rücken, unter ihren Brüsten, mischt sich mit dem kühleren Regen, der ihr über die Wangen läuft, den Hals, den Nacken hinab. Wasser innen und außen. Jeden Tag ist ihre Jacke nach einer Stunde nass, ihr Pullover trocken, das T-Shirt darunter durchweicht.

Bei der Arbeit denkt sie an ihre Schwester. Denkt, dass Dorota wahrscheinlich schon seit Monaten damit gerechnet hat, dass sie fährt. Seit die Scheidungspapiere aus Berlin eingetroffen sind. Aber dann wurde es Winter, Weihnachten kam und ein neues Jahr, und Ewa sagte nichts, tat nichts, das Leben ging normal weiter. Sie merkte natürlich, dass Dorota Verdacht schöpfte, als Adela den Vorschlag machte und Ewa sagte, sie werde mit ihr nach Deutschland gehen. Doch immer wenn Dorota sie darauf ansprach, wusste sie eine direkte Antwort zu vermeiden. Ab und zu behauptete sie, sie habe die Papiere unterschrieben und an den Anwalt zurückgeschickt.

– *Schon vor Wochen.*

Dann wieder sagte sie, sie habe die Papiere verloren, zerrissen, mit Jacek Pappmachee für ein Schulprojekt daraus gemacht. Und wenn Dorota sich über ihre Lügen beklagte, zuckte sie nur die Schultern.

– *Dann frag nicht.*

Sie denkt daran, wie anstrengend Dorota sein kann: weiß nie, wann Schluss sein muss, will Antworten immer sofort, versteht nicht, dass man Zeit braucht, um Dinge zu überdenken. Doch Ewa muss lächeln, als sie an ihre Schwester denkt, und sie fragt sich immerhin, ob es fair ist, sie so zu behandeln, nach allem, was Dorota für sie getan hat. Ewas Hände jucken in den heißen Handschuhen, und sie zieht sie aus, steckt sie in die Taschen. Der nasse Sand und die Erde setzen sich unter ihren Nägeln fest, machen ihre Fingerspitzen rau, sodass sie brennen, wenn sie morgens im Schlafraum aufwacht.

Dorota bringt Jacek früh zur Schule, meist schweigend. So viele Fragen gehen ihr durch den Kopf, und sie weiß nicht, ob sie sie stellen kann; Jaceks Mund fest geschlossen, die Augen abgewandt, sodass nicht zu erkennen ist, woran er denkt, ob er überhaupt an etwas denkt.

Jacek spricht nie von seinem Vater, und Dorota weiß nicht, ob er an ihn denkt, wie weit er sich an ihn erinnert. Sie rechnet nach: sieben jetzt, im Frühjahr vor den Wahlen geboren, also hat er ihn seit ungefähr fünf Jahren nicht mehr gesehen. Dorota kann nicht wissen, was Ewa ihrem Sohn erzählt hat und was nicht. Warum Piotr weggegangen ist, nicht mehr wiedergekommen ist, warum sie nicht mitgegangen sind.

An der Ecke verabschiedet Jacek sich eilig und rennt los, damit sie ihn nicht bis ans Tor bringen kann. Dorota bleibt stehen. Sie wartet, bis er den schmalen Schulhof überquert hat und hineingegangen ist, dann setzt sie ihren Weg fort. Am Schulhaus vorbei zu ihrem Salon.

Den ganzen Tag, während sie schneidet, trocknet und wäscht, überlegt Dorota, was man einem Siebenjährigen über seine Eltern sagen kann, versucht seine Fragen vorwegzunehmen. Da sie keine Antworten hat, vermengt sie sie mit ihren eigenen Fragen: ob Ewa seinen Vater noch liebt, ob sie will, dass sie wieder zusammenkommen, in Polen oder auch zu dritt in der deutschen Hauptstadt, illegal.

Sie hat keine Ahnung.

Dorota weiß auch nicht, ob sie Jacek einfach über die Fakten aufklären könnte: nicht ohne dass ihre Stimme sie in der einen oder anderen Richtung färben würde. Sie probiert es einige Male, nachts im Bett, und ihr Mann sagt nein, nein.

– Das klingt immer noch missbilligend.

Tadeusz seufzt, streckt die Hand aus und streicht ihr über den Bauch, ehe er einschläft. Und Dorota liegt noch lange wach, versucht weiter, sich über die Dinge klar zu werden.

Ewas Tage vergehen schnell. Die Arbeit ist eintönig, der Ort aber interessanter, als sie gedacht hat, die Leute ebenso. Der Hof ist klein, und bei ihrer Ankunft hat der Bauer betont, dass es sich um einen Familienbetrieb handelt: anders als die größeren Höfe, denen das ganze Land ringsum gehört. Er zeigte mit dem Finger, beschrieb mit dem Arm einen weiten Kreis. Er hat drei Kinder. Er, seine Frau und das älteste Kind, ein Mädchen, arbeiten oft mit. Mittags essen sie alle zusammen, die Erntehelfer und die Familie, die Tochter teilt dicke Suppe, lange Würstchen und kleine weiße Brötchen aus. Das Mädchen ist sechzehn oder siebzehn, blond und sommersprossig. Sieht ihrer Mutter ähnlich, hat die gleichen ruhigen Bewegungen wie ihr Vater. Ewa nimmt den Teller von ihr entgegen, findet einen Platz zwischen Adela und ihrem Bruder. Es ist Mareks fünftes Spargeljahr, das dritte hier. Er ist mit dem Bauern befreundet, hat Adela gesagt, und Ewa ist neugierig.

– Hat das hier früher zu einer Produktionsgenossenschaft gehört, als sie auf die Welt kam?

Sie zeigt mit ihrer Gabel auf die Tochter. Marek nickt kauend. Adela antwortet für ihn.

– Ihr Großvater ist selbstständig geblieben, so lange er konnte, aber am Ende haben sie ihn doch gezwungen.

Marek schluckt hinunter, ergänzt

– Er hat keine Kredite bekommen, keine Maschinen, keinen Dünger. Einen Volksfeind haben sie ihn genannt, die Parteifunktionäre. Die Sache hat das ganze Dorf gespalten. Tut es heute noch, sagt ihr Vater.

Bauer und Tochter tragen die Suppentöpfe zu dem tiefen Ausguss, sammeln die Teller ihrer Arbeiter ein. Marek nimmt einen letzten Bissen Brot, spricht mit vollem Mund.

– Nach dem Fall der Mauer hat er das Land zurückverlangt, sobald es ging. Will, dass sie es einmal übernimmt, dass es in der Familie bleibt, außerhalb der privatisierten Produktionsgenossenschaften. Der Geist von neunundachtzig ist hier noch lebendig, sagt er. Der Kampf um die Subventionen aus Brüssel.

Marek zwinkert ihr zu. Draußen nieselt es, und sie setzen ihre Kapuzen auf, ziehen ihre Stiefel wieder an. Ewas sind eine Nummer zu groß, und ihre Fersen rutschen hoch, als sie über den Hof geht. Die Tochter kommt am Nachmittag mit aufs Feld, und Ewa beobachtet sie: Sie sticht mehr und schneller als alle anderen, auch als ihr Vater. Augen anderswo, das weiche Gesicht verschlossen.

Es regnet auch auf der anderen Seite der Grenze, und Jacek rennt von der Schule nach Hause. Seine Beine tragen ihn automatisch an der Kirche und der Feuerwache vorbei zu den zwei Zimmern, in denen er mit Ewa wohnt, solange er denken kann, und erst bei dem Kiosk an der Ecke bemerkt er seinen Irrtum. Er macht nicht gleich kehrt, sondern bleibt einen Moment am Bordstein stehen, über sich die Telefonkabel. Die Kapuze ist fest um sein Gesicht gezogen, und er hört den eigenen Atem. Dorotas Salon liegt zehn Minuten in der entgegengesetzten Richtung.

Sie hält am Fenster nach ihm Ausschau. Zwei Kundinnen haben wegen des schlechten Wetters abgesagt, und jetzt verspätet sich Jacek. Endlich kommt er, langsam, steifbeinig, die Hosenbeine durchnässt. Dorota holt Handtücher aus dem kleinen Hinterzimmer, macht ihm ein Marmeladenbrot, das er wortlos nimmt, als er den Salon betritt. Er setzt sich, ohne die Jacke auszuziehen, und isst, dreht sich in dem Frisierstuhl zum Fenster, um die wenigen Autos und Fußgänger sehen zu können, den Regen, der an der breiten Scheibe herunterläuft.

Sie sind zu sechst im Schlafraum: Ewa, Adela und vier andere Frauen. Zwei Deutsche und zwei aus der Nähe von Warschau, die Adela schon vom letzten Jahr kennt. Abends kochen und essen sie zusammen in der Gemeinschaftsküche, und Adela übersetzt. Paula, eine der beiden Deutschen, hat Kinder und zeigt Ewa Fotos. Da Ewa kein Bild von Jacek dabeihat, beschreibt sie ihn.

– Er ist nicht der Einfachste. Ein richtiger Junge eben. Aber ich liebe ihn.

Sie arbeiten bis spät, sind meist müde, spielen manchmal Karten. Oft liegen sie schon um zehn im Bett. Licht aus, das Glühen von Adelas Zigarette im Dunkeln. Ewa unterhält sich mit ihr in schläfrigem Flüsterton. Den Umschlag bewahrt sie in dem Spind neben ihrem Bett auf. Hat Adela die Geschichte von ihrem Schwiegervater erzählt, wie er sich aus dem Badezimmerfenster im vierten Stock gebeugt hat.

– Was sagst du, wenn du Piotr siehst?

– *Ich weiß nicht.*

– Willst du wieder mit ihm zusammen sein?

– *Ich weiß nicht.*

Die Frauen in den anderen Betten hören zu, ziehen sie auf.

– Sie kommt nach Deutschland, um einen Polen zu suchen.

– Hat ihr niemand gesagt, dass es in Polen jede Menge davon gibt?

– Ach, haltet die Klappe, ihr zwei. Schlaft jetzt.

Adela drückt in gespieltem Ärger ihre Zigarette aus, Ewa liegt lächelnd im Dunkeln.

Ihr Mann und sie haben sich immer im Badezimmer geliebt, als sie bei ihren Schwiegereltern wohnten. Daher kennt sie diese intimen vier Wände, die Spitzenvorhänge und was man durch sie hindurch sehen konnte. Piotr setzte sie aufs Fensterbrett, wenn Jacek schlief und seine Eltern bei der Arbeit waren. Danach hielt sie ihn in den Armen, und sie drückten ihre Gesichter an Gardine und Glas, sahen durch die Lücken im Muster den Wind in den Bäumen draußen. Manchmal schlief Piotr so ein. Im Stehen, an sie und das Fenster gelehnt. Und sie schaute zu, wie die Scheibe von seinem Atem beschlug, wusste, dass die Gardine ihren Blumenabdruck auf seiner Wange und ihrer Schulter hinterlassen würde.

Jacek wollte nicht mit Ewa sprechen, als sie gestern Abend anrief, und so hörte Dorota ihre Schwester am Telefon weinen, bis ihr das Geld ausging. Sie ist immer noch böse auf Jacek, als er nach der Schule in den Salon kommt. Lässt ihn sein Marmeladenbrot selbst machen, lässt ihn mit seinen Hausaufgaben in dem kleinen Hinterzimmer allein. Später, nachdem sie den Salon abgeschlossen hat, gibt sie ihm ein sauberes Tuch und eine Flasche Essig zum Spiegelputzen. Sie fegt die Haare des Tages auf, und da er schweigt, spricht sie zu ihm.

– Unsere Eltern waren alt und sind gestorben, als wir noch sehr jung waren, weißt du.

– Mhm.

– Ich war schon verheiratet, aber deine Mama war erst fünfzehn. Sie kannte deinen Vater damals schon.

Jacek sprüht den Spiegel ein, und Dorota weiß nicht, ob er zuhört. Sie fegt eine Weile schweigend weiter, weiß nicht recht, was sie sagen will, was genau sie ihrem Neffen begreiflich machen will. Dass Ewa zu jung war, um sich alles gut zu überlegen, es immer noch ist? Sie hört die missbilligenden Töne in ihren Gedanken und errötet, stößt den Besen gegen den weichen grau-braunen Haufen, den sie zusammengefegt hat. Ihre Schwester ist jetzt fünfundzwanzig, war eine achtzehnjährige Braut, und der Gedanke daran schockiert Dorota noch heute. Aber Tadeusz, Pater Grzegorz, Tante Jasia: Alle sagten, Ewa müsse heiraten. So bald wie möglich. Piotr hatte gerade seinen Wehrdienst abgeleistet, Ewa ging noch zur Schule, doch selbst ihre Lehrer und Piotrs Eltern forderten Dorota auf, ihr zuzureden. Sie sprachen es natürlich nicht aus, aber der dringliche Unterton war da: bevor sie schwanger wird. Und dann, als nach etwas über acht Monaten Jacek geboren wurde, nickten dieselben Leute: ein Glück, dass sie nicht gewartet haben. Dorota schaut zu, wie Jacek die Essigschlieren auf dem Glas trockenreibt, und sie muss daran denken, wie sie am Morgen von Ewas Hochzeit geweint hat: Erleichterung und Bedauern. Und wie sie später mit ihrer Schwester zum Wohnungsamt ging, um deren neuen Namen auf die Warteliste für eine Wohnung zu setzen, die sie nie bekamen. Auch nicht, als Jacek da war und die neue Regierung und sie dachten, dass alles besser werden würde. Ewa zog unterdessen bei ihren Schwiegereltern ein, und drei Jahre später zog sie wieder aus. Nicht lange nach Piotr.

– Ich weiß, dass mein Vater in Berlin ist.

Dorota blickt auf.

– Erinnerst du dich an ihn?

Jacek blinzelt.

– Machst du bald Essen, oder müssen wir warten, bis Tadeusz kommt?

Es wird kalt, ein heftiger Wind weht von zu Hause her, treibt den Regen in Schwaden von Osten nach Westen über die Felder. Der Spargel hört auf zu wachsen.

Es gibt anderes zu tun, waschen, sortieren, bündeln, packen, aber die Frau des Bauern sagt, sie hätten nicht alle Platz in der Scheune und müssten deshalb in zwei Schichten arbeiten. Eine morgens, die andere nachmittags: Sie könnten sich die Arbeit untereinander aufteilen, und die erste Gruppe werde in zwei Stunden anfangen. Ewa zieht sich an, während die anderen es sich mit Kaffee gemütlich machen, noch einmal für eine Weile ins Bett gehen. Sie bietet Paula, der deutschen Mutter, ihre Schicht an, sagt, sie muss einen Tag freinehmen, und Paula kichert verwirrt, bis sie Ewas Zeichensprache versteht, dann nickt sie erfreut. Adela ist unter der Dusche, und Ewa zieht ihre Jacke auf dem Weg nach draußen an: verschwindet, ehe Adela sie aufhalten kann. Sie geht über den Feldweg zur Straße, der Wind von hinten, die Landschaft vor ihr verschwommen. Die langen parallelen Linien der Spargelwälle führen ihren Blick in graues Nichts, kein Horizont zu sehen, nur Regen.

Der Bauer sitzt in seinem Transporter, isst sein Frühstücksbrötchen, sieht sie stehen, wo der Weg auf die Straße nach Norden trifft, neben dem Wegweiser zur Stadt, und ab und zu den Daumen heben. Die wenigen Autos fahren vorbei ohne anzuhalten, und daran, wie die Bäume sich biegen und Ewa die Kapuze fest um ihre Wangen zieht, erkennt der Bauer, dass Regen und Spritzwasser ihr direkt ins Gesicht wehen müssen.

Ewa steht fast eine halbe Stunde lang dort, dann setzt sie sich in Bewegung. Und der Bauer bleibt, wo er ist, Radio an, Windschutzscheibe beschlagen. Und als Ewa außer Sicht ist, blickt er über die Spargelfelder, die langen, hellen Folien auf den sandigen Reihen. Weiß, dass sich die störrischen weißen Köpfe irgendwo unter der Oberfläche eingenistet haben. Nicht in den Wind hineinwachsen wollen, der auf die hohe Seitenwand des Wagens trifft, sodass der Bauer das Lenkrad fester fasst.

Ewa wartete eine halbe Stunde, ging zwei Stunden. Eine nach Norden, eine wieder zurück nach Süden. Zurück zu den Frauen im Schlafraum, die nichts sagen, als sie blaulippig und triefend auftaucht, sie später aber mit Kaffee und Keksen wecken und ihr am nächsten Morgen süßen schwarzen Tee machen. Kopf und Glieder tun ihr weh, und ihre Augen sind verklebt.

Als der Bauer kommt und sagt, dass sie wieder in Schichten arbeiten werden, verständigt sich Adela in ihrem guten Deutsch leise mit ihm darüber, dass Ewa besser im Bett bleibt. Seine Tochter wird ihr Aspirin bringen, sagt er.

Am Nachmittag lassen Wind und Regen nach. Ewa steht auf und geht in die Scheune hinüber, in der die anderen Spargel sortieren. Sie arbeitet bis in den Abend hinein, auch noch als die anderen schon gegangen sind, um sich zu waschen und Essen zu machen. Nur Marek ist noch da, sondert die holzigen Wurzeln und Sprossen aus und legt sie zum Auspflanzen in Steigen.

Ewa kennt Adela und ihre Familie noch aus der Schulzeit. Wurde ihre Banknachbarin in dem Jahr, als das Kriegsrecht verhängt wurde; zehn, elf waren sie damals. Adela war die Jüngste in der Familie, Marek ihr ältester Bruder. Eines Wintermorgens kam sie in die Schule und flüsterte Ewa zu, er sei weg, aber sie dürfe es nicht weitersagen. Ewa weiß noch, wie traurig sie es fand, dass er wegmusste, so kurz vor Weihnachten. Marek war verheiratet, mit der lauten, grauäugigen Feliksa, und sie hatten bereits zwei Kinder. Adelas Mutter schickte Adela nach der Schule zu ihr, um ihr zu helfen, und manchmal durfte Ewa mit. Dann kochten sie oder spielten mit den Kleinen, oder sie standen vor den Geschäften Schlange, wenn Feliksa am Vormittag beim Einkaufen kein Glück gehabt hatte. Damals schien es nicht traurig, dass Marek weg war, eher aufregend: ein Ehemann im Untergrund und später im Gefängnis. Ewa hoffte, ging davon aus, dass auch sie eines Tages einen solchen Mann haben würde. Marek war ein Foto neben Feliksas Kopfkissen, ein Gerücht, das in der Nacht auftauchte und wieder verschwand: mehrere Jahre lang. Als sie erfuhren, dass er verhaftet worden war, so erinnert sich Ewa, war das trotz allem irgendwie spannend. Und später prahlte sie vor Piotr damit, dass sie ihn kannte.

Nach der Amnestie wurde Marek freigelassen. Ein paar Jahre später kam er zu ihrer Hochzeit, und die Leute sagten, er sei krank, er habe sich verändert: nicht wiederzuerkennen. Adela wurde böse, als Ewa ihr davon erzählte, sagte, er habe genug getan, jetzt wolle er mit seiner Familie nur noch in Ruhe gelassen werden. Die Demokratie, für die er sich hatte einsperren lassen, kam in hart erkämpften Phasen, aber er sagte, Streiks und Kundgebungen überlasse er lieber den Jüngeren; bekam dann mit Feliksa noch drei weitere Kinder. Konrad, der Mittlere, geht jetzt mit Jacek in die Schule, und Marek arbeitet mit seiner kleinen Schwester und ihrer Schulfreundin in Deutschland. Er stapelt die vollen Steigen auf dem Boden, lächelt Ewa zu, als er eine neue in Angriff nimmt.

– D-Mark für unsere Jungen.

Die Neonröhren über den langen Tischen summen, draußen fällt gleichmäßig, sanft der Regen. Ewa beobachtet Marek, seine arbeitenden Hände, eine gleichmäßige Bewegung vor seinem weichen Bauch. Die Haut unter seinen Augen ist schlaff, und er hat eine Stirnglatze. Als sie und Adela älter wurden, vierzehn, fünfzehn, erzählte Feliksa ihnen von ihm, nach der Schule am Küchentisch. Eine reihum gerauchte Zigarette, ein halbes Glas für jede von irgendetwas Starkem, Geschichten davon, wie es war, mit Marek zu schlafen, was ihr fehlte ohne ihn und was nicht. Wie er vor ihr geweint hatte an dem Abend, als die Telefone tot waren und die Nachricht kam, dass die anderen Gewerkschafter verhaftet worden waren. Jetzt, während sie arbeitet und ihn betrachtet, denkt Ewa, wie groß seine Angst gewesen sein muss: wie pervers es war, das alles romantisch zu finden. Aber sie waren ihre Vorbilder gewesen: die einsame Feliksa, der abwesende Marek: die Opfer, die sie brachten, in der Hoffnung auf ein besseres Leben für sie alle.

Inzwischen arbeitet Feliksa, hat sich selbst Buchführung beigebracht, hat einen Computer-Fernkurs belegt, und Marek bleibt offenbar gern zu Hause und kümmert sich um die jüngeren Kinder. Ewa holt Jacek manchmal bei ihnen ab, wenn er nach der Schule mit zu Konrad geht, und sie genießt es, wieder in der vertrauten Wohnung zu sein, die Klöße zu essen, die Marek macht und die so viel besser schmecken als die, die Adela und sie in derselben Küche für Feliksa gemacht haben, vor so langer Zeit. Damals hat sie sich oft vorzustellen versucht, wie das bessere Leben aussehen würde, wenn das Opferbringen vorbei war. Und jetzt lächelt sie, weil ihr dieses Bild nie in den Sinn gekommen wäre: sie und Marek beim Spargelsortieren und -bündeln in einer deutschen Scheune.

Ewa sieht den Bauern nicht hereinkommen, bemerkt ihn erst, als er am Tisch gegenüber stehen bleibt. Marek richtet sich auf, und sie geben sich die Hand und unterhalten sich, teils auf Deutsch, teils auf Russisch. Ewa hört zu: erwachsene Männer, die eine Sprache sprechen, die sie in der Schule gelernt haben, beide einst Ostblockkinder, ungefähr gleichaltrig. Sie beobachtet sie, wie sie reden, lächeln, und sie muss daran denken, was Adela ihr erzählt hat: dass der Bauer jetzt immer ausdrücklich Marek verlangt, wenn er bei der Vermittlung Saisonarbeiter anfordert.

– Es ist spät.

Der Bauer sieht Ewa an, er sagt es auf Russisch, und es dauert einen Moment, bis sie versteht: die Worte mit seinem deutschen Akzent. Sie lächelt, nickt, hat seit ihrer Abschlussprüfung nicht mehr Russisch gesprochen: versucht es.

– *Heute Vormittag im Bett. Deswegen arbeite ich jetzt.*

– Möchten Sie nach Berlin?

Ewa blinzelt. Fragt sich, woher er das weiß, ob er sie vielleicht hat weggehen sehen. Er sagt es in neutralem Ton, scheint nicht böse zu sein wegen des Fehltages, aber Ewa will sichergehen, dass er versteht.

– *Ich habe gestern nichts eingetragen. Kein Lohn.*

– Ja, ja, ich weiß.

Er macht eine abwehrende Handbewegung.

– Ab morgen ist das Wetter wieder schön, dann werden wir diese Woche wohl eine Menge stechen.

– *Ja.*

– Vielleicht können wir dann alle einen Tag frei machen. Am Wochenende. Marek kann Sie mit dem Auto zum Bahnhof bringen. Sie sollten mit dem Zug nach Berlin fahren, das ist besser als Trampen.

Der Bauer hat Recht. Die Tage sind warm und klar, sie machen Überstunden, die Sonne scheint bis in den Abend hinein, und Ewa bekommt Sommersprossen auf der Nase und an den Unterarmen. Piotr hat sie immer gemocht, und sie hofft, das schöne Wetter hält, damit sie noch da sind, wenn sie ihn sieht.

Sie gewöhnen sich an das tägliche Spargelstechen, ihre Körper stellen sich darauf ein, sie sind nicht mehr so müde, bleiben nach dem Abendessen länger auf. Ewa spielt ab und zu Schach mit Adelas Cousins und mit Artur, einem ehemaligen Bergmann aus Schlesien und früheren Kollegen von Marek aus seiner Gewerkschaftszeit. Sie bauen das Spiel auf einem wackligen Tisch im Hof auf, und die Frühsommerabende sind warm, Nachtfalter prallen gegen die Lampe an der Seite der Scheune. Mareks Freund ist ein guter Schachspieler, aber Ewa mag die Gespräche nicht, die sie danach führen. Er erzählt, dass er letztes Jahr auf einem größeren Hof gearbeitet hat, wo die Bezahlung besser war.

– Hätte wieder hinsollen, hätte nicht auf Marek hören sollen.

– Marek sagt, hier ist es viel schöner.

– Dafür kann ich mir nichts kaufen. Sie kochen mittags für uns, wir lernen ihre Kinder kennen, sie tun so, als würden sie mit uns arbeiten, da wird es dann irgendwann unverschämt, sich über die Bezahlung zu beklagen.

– Sie arbeiten genauso hart wie wir, Artur, sie tun nicht nur so.

– Ja, ja. Und der Bauer sagt Marek, wie gern er uns Polen hat, weil wir zusammenhalten, weil wir unsere Seele nicht für die Freiheit verkauft haben. Gönnerhafter Quatsch ist das, und Marek fällt drauf rein.

– Ich finde, er ist in Ordnung, der Bauer. Es ist doch in Ordnung hier.

– Wir sind billige Arbeitskräfte, Ewa, aus Polen, weil ihre eigenen Leute als Arbeitslose mehr kriegen.

– Da sagst du mir nichts Neues.

Ewa versucht Arturs Zynismus mit ihrem eigenen abzuwehren, aber er trifft sie trotzdem, macht die Zeit am frühen Morgen noch schwieriger, die Überstunden härter. Ewa verzichtet auf das Schachspielen, erspart sich den Ärger, bleibt nach dem Abendessen im Schlafraum, redet: meist mit Adela und Paula.

– Sie sagt, sie ist hier in der Nähe aufgewachsen, und manchmal hatten sie schulfrei, um bei der Ernte zu helfen. Kartoffelschlachten auf den Feldern im Herbst.

Adela liegt auf dem Rücken im Bett, übersetzt, was Paula ihnen erzählt, rauchend, die Augen geschlossen. Paula sitzt aufrecht auf einem Stuhl am offenen Fenster, Ewa steht hinter ihr, dreht Paulas Haare um ihre Finger, um den Lockenstab, wie sie es ihre Schwester über die Jahre bei so vielen Frauen hat tun sehen.

– Nach der Wiedervereinigung ist sie mit ihrem Mann in den Westen, aber inzwischen sind sie geschieden.

Ewa nimmt den Geruch der sich erwärmenden Haare wahr, den Öl- und Parfümduft des Schaumfestigers, der von ihnen aufsteigt. Sie kann es nicht so gut wie Dorota, aber sie gibt sich Mühe, und sie merkt, dass Paula sich entspannt, hört das stetige Dahinplätschern ihrer Stimme, den abgehackten Rhythmus von Adelas Übersetzung. Geschichten aus dem Leben, erzählt in den letzten Stunden vor dem Schlaf.

– Sie hat gedacht, sie könnte sich eine feste Stelle suchen, zurückkommen und mit ihren Kindern hier leben, aber sie sagt, sie macht es nicht. Die anderen Betriebe hier sind in der Produktionsgenossenschaft geblieben, die jetzt privatisiert ist, unter derselben Leitung wie früher, mit halb so vielen Arbeitskräften. Alle ihre Freunde sind weg, es kommt ihr hier so leer vor. Und Arbeit gibt es sowieso keine.

Die Abende sind viel zu schnell vorbei, und egal, wie Ewa sie verbringt – am Ende denkt sie immer an Piotr. Beine unter der Decke lang ausgestreckt, aneinander, Haut an Haut. Vier Jahre zusammen in einem Einzelbett, nie weggerückt, auch nicht, als sie schwanger war. Piotrs schlafender Atem an ihrer Schulter, Jacek, der sich drehte und wendete, es sich bequem machte unter ihrer Haut.

Ewa weiß, dass sie sentimental ist. Zwingt sich wach zu bleiben in ihrem Schlafraumbett, korrigiert ihr Bild mit Erinnerungen an explodierende Lebensmittelpreise, nicht ausgezahlte Löhne, die viel zu kleine Wohnung von Piotrs Eltern. Das war, nachdem Jacek zur Welt gekommen war, nach den Veränderungen, und sie weiß noch, wie Piotr auf dem Bettrand saß und sagte, alles werde noch viel, viel schlimmer werden, bevor sie auf Besserung hoffen könnten.

– Wir haben kein Privatleben, nichts, worauf wir uns freuen können,

sagte er immer, und sie war so dumm gewesen, es nicht kommen zu sehen.

Sonntag, und alle sind noch schläfrig. Es ist ein strahlender, heißer Tag, und die meisten nehmen ihr Frühstück mit in den Hof hinaus, stehen mit geschlossenen Augen da, kauen, das Gesicht zum Himmel gewandt. Ewa hat gestern Abend ihre Jeans gewaschen, den Umschlag von ihrem Schwiegervater in die noch feuchte Gesäßtasche gesteckt. Einige wollen zum Schwimmen an den See, Marek sagt, er fährt Ewa zum Bahnhof.

– Nur noch einen Kaffee.

Der Wagen rattert über das Kopfsteinpflaster der Stadt, und Ewa lässt ihr Fenster zu, um den Lärm etwas zu dämpfen. Die sonntäglichen Straßen sind leer, nichts als starkes Licht auf hellem Stein. Marek blinzelt und gähnt, die Augen noch verquollen: redet nicht viel. Sie hat im Lauf der Jahre so viel über seine Ehe gehört, weiß nicht, wie viel er von ihrer weiß. Dass Piotr in Berlin lebt, ist allgemein bekannt: Als sie es erfuhr, schienen es die meisten anderen schon zu wissen. Marek kann sich wahrscheinlich denken, warum sie nach Berlin will, aber wenn er neugierig ist, zeigt er es nicht, und Ewa ist froh darüber.

Er geht mit ihr in den Bahnhof, hilft ihr, auf dem gelben Fahrplan an der Wand den nächsten direkten Zug heraussuchen, auf dem weißen mehrere Möglichkeiten für die Rückfahrt, dann kauft er ihr eine Fahrkarte.

– *Ich geb dir das Geld wieder.*

– Das brauchst du nicht. Aber du musst die Rückfahrkarte auch benutzen, ja?

Jacek geht mit Dorota und Tadeusz in die Kirche, ein beruhigender Teil seines normalen sonntäglichen Tagesablaufs. Seine Mutter geht nicht zur Kirche, auch nicht, wenn sie da ist, aber alle seine Schulfreunde tun es, und so hat seine Tante den Streitereien zwischen ihm und Ewa ein Ende gemacht und holt ihn sonntagmorgens nach dem Frühstück ab, manchmal allein, manchmal mit seinem Onkel. Jacek liebt die gedämpften Echos unter der hohen Decke; unterdrücktes Husten während der Predigt; über den Boden schleifende Mäntel vor der Kommunion; das Warten auf die rasche, leichte Berührung der Finger des Priesters.

Früher hat Ewa ihn oft in die Kirche mitgenommen: nicht zum Gottesdienst, sondern unter der Woche, nachmittags, wenn es dort still und leer war. Das war, bevor er in die Schule kam, und er war damals noch ziemlich klein, weiß noch, wie sie ihn in einer Bank am Seitengang auf eines der dunklen Polster setzte, nahe dem Beichtstuhl. Er hörte die leisen Stimmen, nachdem sie hineingegangen war, verstand aber die Worte nicht: Das sanfte Murmeln in der Stille machte ihn schläfrig.

Oft fand er sich, wenn er die Augen wieder öffnete, auf dem Arm seiner Mutter wieder, auf der Straße, im hellen Licht, unterwegs woandershin. Es tat gut, nicht mehr im staubigen Dunkel der leeren Kirche zu sein, aber er erinnert sich noch an den Schock des Erwachens. Sie hatte ihn hochgehoben und hinausgetragen, während er träumte, und dann dauerte es immer eine Weile, bis er wieder ganz da war, sich in der veränderten Umgebung einfand.

Als er jetzt zwischen Tante und Onkel sitzt, erinnert er sich, wie er an einem solchen Nachmittag aufwachte. Nicht unterwegs diesmal, sondern auf dem Schoß seiner Mutter in der Kirchenbank. Sie hielt ihn fest, als er sich bewegen wollte, legte den Finger an die Lippen. Vor ihnen weinte ein Mann, kniete vor der Statue des heiligen Judas Thaddäus. Er war ganz nah, schien sie aber nicht bemerkt zu haben. Stumm sprach er sein Gebet, lange Zeit, Augen geschlossen, Tränen tropften von seinem Kinn, und Jacek saß an die Brust seiner Mutter geschmiegt, von ihren Armen umfangen.

– Nicht bewegen, Schatz, ganz still sein. Wir wollen ihn nicht stören.

Ihre eigenen Augen verquollen, die Haut ringsum leicht gerötet.

Der Zug fährt durch die östlichen Vororte nach Berlin hinein. Vorbei an lindgrünen und dottergelben Hochhäusern, an weiten Gleisarealen, rostigen Abstellgleisen mit Schlafwagen, zwischen denen hohes, weiß und lila blühendes Unkraut wächst. Ewa steigt am ersten Bahnhof aus, wie Paula es ihr gesagt hat: Paula kannte die Postleitzahl von Piotrs Adresse, sagte, das sei im früheren Ostberlin. Aber der Ostbahnhof sieht ganz anders aus, als sie ihn beschrieben hat: Die Flächen in der weiten Halle sind nagelneu, sauberer Kunststoff und Metall. Der Bahnhof sei kurz vor dem Mauerfall umgebaut worden, hat Paula gesagt: der Stolz der DDR-Eisenbahn. Schien nicht zu wissen, dass er ein zweites Mal umgebaut worden ist: neue Halle und dazu ein zweistöckiges Einkaufszentrum. Die meisten der Läden stehen noch leer, und Ewa geht an ihnen vorbei ans andere Ende, wo die Renovierungsarbeiten noch im Gange sind. Provisorische Schilder und Pfeile führen die Reisenden durch Staub und Lärm zu verschiedenen Ausgängen. Ewa weiß nicht, wo sie hinmuss, folgt dem Menschenstrom zum Hauptausgang und ins Freie.

Eine breite Straße kreuzt hier, und an der Ecke ist ein Zeitungskiosk, an dem es Stadtpläne gibt. Ewa steht da, blättert durch das Heftchen zum Straßenverzeichnis, blickt auf und sucht ein Straßenschild, um sich zu orientieren. Sie ist in der Mühlenstraße, breit, tosender Verkehr, und den ganzen gegenüberliegenden Bürgersteig entlang läuft eine hohe Mauer. Mit Graffiti bedeckt. Gemalte Szenen, einst leuchtende, jetzt abblätternde Farben. Slogans, Ausrufezeichen, Friedens- und politische Symbole, Fahnen und Tauben, einander entgegengestreckte Hände. Ewa starrt auf den bröckelnden Beton, kann kaum glauben, was sie sieht.

Als sie die Falze des Stadtplans umwendet, entdeckt sie eine gepunktete rote Linie, die im Zickzack die Straßen entlang- und über sie hinwegführt, von Norden nach Osten, dann um den Süden und Westen der gefalteten Papierstadt herum. Ewa kennt die meisten Wörter der englischen Legende vorn auf dem Plan: Verlauf der Berliner Mauer. Die gepunktete Linie säumt auch den breiten Boulevard, auf dem sie sich befindet, verläuft zwischen der Straße und dem breiten Fluss, der hinter der Mauer sein muss. Einem Rest der Mauer, zweihundert Meter etwa. Hier sind kaum Fußgänger unterwegs, und die Autos fahren schnell an der bemalten Front vorbei, niemand hält oder schaut. Doch weiter vorn sieht Ewa einen Reisebus, ein riesiges Gefährt von der klimatisierten Sorte, und ein paar Leute stehen verlegen da, lachen. Einer tut so, als würde er einem anderen über die Mauer helfen, ein Dritter fotografiert.

Ewa kann nicht zuschauen. Sie sieht im Straßenverzeichnis nach, findet das Planquadrat und dann Piotrs Straße. Sie ist hinter dem nächsten Falz, und Ewa fährt mit dem Finger die Bahnlinien entlang. Sieht, dass sie einmal, zweimal umsteigen muss: Sie geht in den Bahnhof zurück.

Eine ruhige Straße mit zerzausten Bäumen und fünfstöckigen Mietshäusern, bröckelnden, geschwärzten Fassaden, vertraut von zu Hause, ihren Besuchen in Krakau, als Adela dort arbeitete. Ewa geht über die Straße zu Nummer vierzehn. Die Sprechanlage ist kaputt, Kabel hängen aus der Wand, doch Ewa drückt versuchsweise die Klinke herunter, und die Haustür geht auf. Sie steigt die Treppe hinauf, liest die Namen auf den Klingelschildern: Auf dem Zettel von ihrem Schwiegervater steht keine Wohnungsnummer. Kritzeleien an den Wänden, aber die Fußböden sind sauber, noch feucht, und es riecht nach Putzmittel und warmem Wasser, nach Sonntagsessen.

Jerzy, der Name, bei dem Ewa es probiert, ist polnisch, und die Frau, die aufmacht, ist auch Polin. Sie hört zu, während Ewa erklärt, warum sie hier ist, hält die Tür halb geschlossen.

– Hier wohnt kein Piotr.

– Ich habe die Adresse von seinem Vater.

Die Frau zuckt die Schultern, wirft einen Blick an Ewa vorbei die Treppe hinunter, sieht dann wieder Ewa an.

– Ich bin nicht von der Polizei oder so. Ich bin seine Frau.

Die Lider der Frau zucken einen Moment.

– Piotr hat nie was davon gesagt, dass er eine Frau hat.

– Doch, doch, er hat auch einen Sohn.

Ewa kann nicht verhindern, dass es scharf klingt.

– Er wohnt nicht mehr hier. Er ist ungefähr vor einem Jahr umgezogen.

– In Berlin? Wohnt er noch in Berlin?

– Keine Ahnung.

– Wirklich nicht?

Ewa sieht sie an, und die Frau lenkt ein.

– Ja, in Berlin.

Und dann

– Wie alt ist Ihr Sohn?

– *Sieben. Gerade sieben geworden. Wie kann ich ihn finden – Piotr?*

– Keine Ahnung. Wir haben keinen Kontakt mehr. Er hat nur ein paar Monate hier gewohnt.

– *Kennen Sie Freunde von ihm?*

– Nein.

– *Gar niemanden?*

– Nein.

Ewa seufzt. Sie ist den Tränen nahe. Kramt in ihrer Tasche, reißt eine Ecke von dem Stadtplan ab, schreibt die Nummer des Münzfernsprechers im Schlafraum darauf.

– *Ich wäre Ihnen sehr dankbar. Falls Ihnen noch irgendetwas einfällt.*

Die Frau nimmt den Zettel, und Ewa glaubt, dass sie ihr nachschaut, als sie hinuntergeht, denn sie hört die Wohnungstür nicht ins Schloss fallen.

Irgendwo biegt sie falsch ab, nachdem sie das Haus verlassen hat, denkt, sie kommt zur U-Bahnstation und findet sich stattdessen auf einem kleinen Platz mit einer großen schwarzen Kirche wieder. Protestantisch, nicht katholisch. Sie zögert. Der Abendgottesdienst beginnt frühestens in einer Stunde, die Türen sind offen.

Das Innere ist schmucklos, mit langen hellen Holzbänken, ein Tisch als Altar, das Kreuz darüber leer. Große Blumengebinde stehen zu beiden Seiten des Mittelganges, und der betäubende Duft der Lilien dringt bis zur Tür.

Kein heiliger Judas Thaddäus hier, zu dem man beten könnte, und Ewa lächelt, muss daran denken, wie Dorota es hasst, wenn sie ihn ihren Lieblingsheiligen und Schutzpatron nennt, den Helfer in verzweifelten Situationen.

Es ist lange her, dass sie zuletzt in irgendeiner Kirche war. Konnte, als Piotr weg war, die Vorstellung nicht ertragen, dass die Leute während des Gottesdienstes herschauen und Bescheid wissen würden, und so ging sie nicht mehr hin. Ein halbes Jahr ungefähr, und als sie es wieder versuchte, hielt sie es nicht aus. Das Leiden und die Frömmigkeit, die Forderung, sie müsse auf den Allmächtigen vertrauen. Aber zu Pater Grzegorz ging sie noch. Erst nur gelegentlich, dann regelmäßiger. Unter der Woche, nachmittags, über ein Jahr lang, eher zwei. Er hatte sie getraut, und im Beichtstuhl redete sie mit ihm. Über Piotr, nicht über irgendwelche Sünden, die sie begangen hatte: An Sünden wollte sie nicht mehr glauben und sagte ihm das auch, was ihn jedoch nicht hinderte, sie zu segnen. Jacek schlief unterdessen draußen in einer Kirchenbank, und Pater Grzegorz sagte, sie müsse Geduld haben, bald werde es wieder mehr Arbeit geben, und dann werde Piotr zurückkommen und all die anderen auch. Immer dieselbe Antwort, und schließlich ging Ewa nicht mehr hin: Da er an Gott glaubte, war für ihn wohl alles denkbar.

Zum letzten Mal war sie bei Pater Grzegorz' Beerdigung in der Kirche gewesen. Nur weil Dorota weinte, als sie sagte, sie werde nicht hingehen. Jetzt erscheint ihr das grausam, hartherzig: Er hatte ihr zugehört, war freundlich gewesen, wenn sie weinte, war einer der wenigen gewesen, die ihre Meinung sagten, und dazu musste einiger Mut gehört haben. Ewa erinnert sich an einen Gottesdienst, nachdem bekannt geworden war, dass Marek und einige andere verhaftet worden waren. Noch kein Piotr, also muss sie vierzehn gewesen sein, nicht viel älter. Der Pater ergriff Partei für die Männer, ihre Familien, die Gewerkschaft. Er sprach ruhig, aber seine Worte schlugen wie eine Bombe ein, und die Gemeinde ging nach dem Gottesdienst nicht wie sonst auseinander, sondern die Leute blieben in der Kirche oder draußen auf der Straße; niemand schien weg zu wollen.

Dorota war damals frisch verheiratet, und Ewa weiß noch, wie sie mit Tadeusz in der Sonne auf den Stufen stand. Seine Wangen waren gerötet, die dunklen Augen funkelten. Eine der wenigen Gelegenheiten, bei denen sie ihren Schwager glücklich gesehen hat.

Draußen fährt eine Straßenbahn vorbei, und Ewa ist wieder in Berlin. Sie hat keine Uhr an, weiß nicht, wie spät es ist: weiß, dass sie auf dem Stadtplan nachsehen muss, wo sie sich befindet, zur U-Bahn gehen, zum Bahnhof fahren muss. Aber sie möchte sich jetzt nicht bewegen, und so bleibt sie noch eine Weile. Sitzt allein in der Kirchenbank und vermisst ihre Familie.

Spätnachmittag, und Jacek wird von einer Nachbarin nach Hause gebracht. Sie hält ihn am Kragen gepackt, berichtet Dorota, dass sie ihn hinter dem alten Abfüllbetrieb beim Scheibeneinwerfen erwischt hat.

Dorota sagt, das wird sie Ewa erzählen müssen, heute Abend, wenn sie mit ihr telefoniert, und dass seine Mutter traurig sein wird, weil sie wollte, dass Jacek brav ist, solange er bei ihr und seinem Onkel wohnt. Sie sind in der Küche, und Dorota macht das Essen. Tadeusz liest Zeitung, und Jacek steht in der Tür und hört zu, schmollend.

– Das ist ihr doch egal.

– Nein. Sie wird sehr böse werden.

– Sie kommt nicht wieder.

Dorota lacht, aber es klingt unecht: nicht so leicht, wie sie geglaubt hat.

– Doch. Und dann kannst du was erleben.

– Sie geht zu ihm, und dann bleiben sie beide weg.

– Nein.

– Sag ihr, sie soll wiederkommen.

– Das kann ich nicht, Jacek, sie arbeitet doch dort. Sie muss Geld verdienen, das weißt du doch.

– Nein!

Jacek tritt gegen die Tür, schlägt mit der Faust gegen den Rahmen. Tadeusz runzelt die Stirn.

– Hör auf.

Und Jacek hört auf, aber nur, um mit weit aufgerissenem Mund Dorota anzuschreien.

– Ich hasse dich!

Sie hält in ihrer Arbeit inne, sieht ihn an. Seine Augen sind nass, die Hände zu Fäusten geballt: weiß an den Knöcheln, in Hüfthöhe.

– Hör zu, Jacek, das ist nicht in Ordnung. Ich versuche nur, das Beste zu tun, für uns alle.

– Dann mach, dass sie wiederkommt!

Sein kleines Gesicht ist rot und wutverzerrt. Tadeusz schaut auf.

– Es ist schlimm, mein Junge, nicht wahr?

Er steht nicht auf, geht nicht zu Jacek, um ihn zu trösten. Tadeusz bleibt auf seinem Stuhl am Küchentisch sitzen, hält die zwei Tage alte Zeitung weiter aufgeschlagen, sieht weiter hinein, als würde er lesen.

– Aber du kannst dir die Welt leider nicht so hinbiegen, wie du es gern hättest. Keiner kann das.

Tadeusz nickt seinem Neffen zu und schaut wieder in die Zeitung. Jacek beobachtet ihn einen Moment, dann fängt er an zu weinen. Steht noch in der Tür, vergräbt das Gesicht in den Armen. Und dann zucken seine Schultern, sein Bauch und seine Knie mit dem Schluchzen, das aufsteigt und gegen das er nichts tun kann. Er läuft nicht weg. Und als Dorota sich neben ihn kauert und die Arme um ihn legt, bleibt er steif stehen, aufrecht erst, aber nach einer Weile schmiegt er sich an sie.

Es ist so gut, den Jungen so zu halten, dass Dorota am liebsten auch weinen würde, aber sie tut es nicht. Sie achtet auf ihren Atem und sieht zu ihrem Mann hin, der reglos dasitzt, den Blick auf die Zeitung gerichtet. Und obwohl er wenig Zeit für Jacek und noch weniger für Ewa hat, weiß sie, dass er diese Wochen mit all dem Schweigen und Schreien, mit dem Essen im Flur akzeptiert. Und da ist Dorota froh über das, was sie hat, und denkt, eigentlich ist es gar nicht so schlimm. Sie liebt ihre Schwester, ihren Neffen, ihren Tadeusz. Sie kann die kommenden Wochen durchstehen.

Abwarten, was geschieht.

Nachdem sie aus dem Zug gestiegen ist, ruft Ewa von der Telefonzelle im Bahnhof aus auf dem Hof an, und dann steht sie am Fenster gegenüber und wartet auf Marek.

Abend, und auf dem kleinen Stadtplatz sitzt eine Gruppe Teenager auf den Bänken. Weite Hosen und Sweatshirts, Pickel, einige trinken Dosenbier, andere Pepsi. Die Mädchen rauchen, das lange Haar zu straffen Pferdeschwänzen zurückgebunden, die Jungen tragen ihr Haar kurz, nach vorn gekämmt, steif und von Gel glänzend.

Ewa fragt sich, ob sie alle hier geboren sind, ob ihre Eltern Bauern sind wie die, für die sie arbeitet, ob ihre Großeltern Parteifunktionäre waren, die andere unterdrückten und beleidigten. Das Dorf war gespalten, hat Marek erzählt, aber er hat nicht gesagt, ob es auch heute noch ein Wir und Sie unter den Familien gibt oder ob sich die Grenzen in dieser jüngsten Generation verwischt haben. Ewa weiß, dass eine Nachbarin von ihr für den Geheimdienst gearbeitet hat, und sie hat Jacek ab und zu mit ihren Kindern auf dem Schulhof herumrennen sehen, ist nie auf die Idee gekommen, es ihm zu verbieten. Sie erkennt die Tochter des Bauern und winkt ihr zu. Das Mädchen nickt kaum merklich und sieht Ewa nicht an, schaut ins Leere. Peinlich berührt geht Ewa vom Fenster weg. Setzt sich auf die Bank neben dem Fahrkartenschalter und versucht den Grund für das Verhalten des Mädchens nicht darin zu sehen, dass sie Polin ist, sagt sich, dass es unfair wäre, solch voreilige Schlüsse zu ziehen. Jacek will jetzt nicht mehr zur Schule gebracht werden, tut so, als sähe er sie nicht, wenn er auf dem Platz hinter der Feuerwache Fußball spielt und sie vorbeikommt.

Von der Bank aus kann Ewa die Gruppe draußen noch sehen. Die dünnen Jungen erinnern sie an ihren Sohn. *Noch sechs, sieben Jahre*. Kleinstadtkinder in Westpolen, in Ostdeutschland: Sie scheinen sich nicht groß zu unterscheiden.

Als Marek kommt, ignoriert die Tochter des Bauern auch sein Winken, aber Marek lacht nur.

– Das wächst sich aus.

Die Wärme des Tages schwindet, die Schatten in den Dorfstraßen werden länger.

– Ihr Freund ist der Einzige von ihnen, der einen Job hat.

– *Was macht er?*

– Er arbeitet nachts an der Tankstelle. Verkauft um vier Uhr früh Zigaretten und Klopapier.

Marek fährt dort vorbei, bevor sie auf den Hof zurückkehren, sagt, er muss etwas abliefern, es dauert nicht lange. Er parkt an der Seite zwischen dem Büro und dem Reifendruckprüfer, und Ewa wartet im Wagen. Sie kennt das Emblem, eine dicke blaue Raute, die vor dem hellen Abendhimmel leuchtet. Derselbe Konzern, der in ihrer Stadt eine Tankstelle eröffnen wollte und es sich dann anders überlegt hat. Die sauberen weißen Linien wirken seltsam deplatziert nach dem Kopfsteinpflaster und den bröckelnden Giebeln des Stadtplatzes, der gemütlichen Schäbigkeit der Gebäude auf dem Hof. Die Straße ist hier frisch asphaltiert, und die Tankstelle liegt an einer Kreuzung etwas außerhalb der Stadt, als wäre man sich des Kontrastes bewusst gewesen und hätte ihn entschärfen wollen.

Die Straßenlaternen gehen an, die Tankstellenbeleuchtung ebenfalls. Marek kommt mit einem lachenden Deutschen aus dem Gebäude, und sie fangen an, den Kofferraum auszuräumen. Ewa steigt aus und hilft ihnen, stapelt Kartons mit Hundefutter und Salzcrackern neben der Tür des Gebäudes. Der Deutsche schüttelt Marek die Hand und gibt ihm ein säuberlich gerolltes, von einem Gummi zusammengehaltenes Bündel Geldscheine.

Marek tankt noch und winkt dann mit dem Arm durchs offene Fenster, als sie wieder auf die Straße hinausfahren.

– Das war der Pächter. Ich hab ihn letztes Jahr kennen gelernt.

Er hat mit ihm vereinbart, dies und jenes aus Polen mitzubringen, und das Hundefutter hat sich bestens verkauft.

– Artur ist gestern Abend zu seiner Frau nach Hause gefahren, und ich hab ihn gebeten, noch mehr mitzubringen. Bei dem Anteil, den er bekommt, müsste er eigentlich für eine Weile aufhören zu jammern.

Ewa schaut zu Marek hinüber, wie er hinterm Steuer sitzt, denkt, er genießt seine neue Rolle als Geschäftemacher. Er lächelt, zwinkert ihr zu und zuckt dann die Schultern.

– Du kennst doch Lila, unsere Älteste. Will Zahntechnikerin werden, muss Prüfungen machen. Ich möchte sie unterstützen.

Noch ein paar Jahre, sagt Marek, dann tritt Polen der EU bei und Schmuggel und Spargelernte sind Vergangenheit.

– Dann muss sich unser Bauer weiter östlich nach billigeren Arbeitskräften umsehen. In Weißrussland. Vielleicht in der Mongolei.

Marek lacht, und Ewa muss an die Russen denken, die immer in die Stadt kamen und Schildkröten und Kaviar verkauften, Kinderschuhe und Zigaretten, die fast nur aus Pappfiltern bestanden. Und an Dorotas Nachbarn, die im Sommer nach Neu-Delhi fliegen und auf den Basaren ihre Taschen mit grauen Acrylpullovern und rostfreien Blecheimern füllen. Die Sachen im Winter an der Kreuzung der Straßen nach Posen und zur Grenze verkaufen. Wenn man die Wahl hat, denkt Ewa, ist Zahntechnikerin besser.

Drei Tage später hat Ana aus Warschau eine Nachricht für Ewa, die gerade aus der Dusche kommt.

– Da hat jemand für dich angerufen.

– *Mein Sohn?*

– Nein, eine Marta aus Berlin. Sie hat mir eine Adresse für dich gegeben. Hier.

Ewa liest die hingekritzelte Notiz, setzt sich aufs Bett und sucht die Straße auf ihrem Stadtplan. Westberlin diesmal, und Ewa fragt sich, ob sie den Unterschied bemerken wird. Sie findet die nächstgelegene U-Bahnstation. *Schlesisches Tor*. Schlesien: Da kommt sie her, und Piotr auch. Und die letzte Haltestelle an der Strecke heißt Warschauer Straße. Warschau. Ewa zeigt es Ana und dann Adela, die lachen muss.

– Er probiert's, aber er entwischt uns nicht, was?

Die ganze Nacht schüttet es, die Dachrinnen an der Scheune laufen über, am frühen Morgen dringen kleine Bäche unter der Tür durch, und unter den Sortiertischen bilden sich tiefe Pfützen. Ewa geht nicht gleich aufs Feld, sondern wischt mit dem Bauern und seiner Frau den Boden auf. Die beiden streiten sich leise. Über Geld, soviel sie mit ihrem wenigen Deutsch versteht. Sie leert die Eimer im Hof aus, und die beiden stehen zusammen an der Tür, schweigend jetzt, schauen blinzelnd zu dem feuchten Mauerwerk, den rostigen Rohren auf. Das Dach hängt stellenweise durch, das Wohnhaus ist ewig nicht mehr gestrichen worden. Ewa hat das Gefühl, alles mit anderen Augen zu sehen, aber beim Anblick der verkrampften, enttäuschten Bewegungen der Frau weiß sie, dass ihr nichts von alldem entgangen ist.

Bevor sie aufs Feld geht, ruft der Bauer sie heran.

– Wir haben Kunden in der Stadt, die wir persönlich beliefern, Restaurants und Geschäfte. Ich fahre am Samstag hin, wenn Sie möchten, können Sie mitkommen.

– *Danke.*

Ewa fragt nicht, woher er weiß, dass sie noch einmal

nach Berlin will. Möchte lieber nicht wissen, wer da geklatscht hat. Er streckt ihr die Hand hin, nennt seinen Namen, seinen Vornamen, den Ewa nicht genau versteht; es klingt wie Gerhard, aber sie möchte nicht noch einmal nachfragen. Sein Händedruck ist erstaunlich leicht, seine Hand hart und trocken.

– Ich heiße Ewa.

Samstag, und der Transporter steht schon im Hof, als Ewa nach einem späten Frühstück herauskommt: Der Bauer und seine Tochter warten. Sie klettert neben dem Mädchen ins Führerhaus, begrüßt sie auf Russisch, aber sie schüttelt nur den Kopf, runzelt die Stirn, errötet.

– Sie haben jetzt Englisch in der Schule,

erklärt ihr Vater, und Ewa versucht es mit ihrem besten Akzent.

– *Good morning.*

– Good morning,

antwortet das Mädchen, höflich, doch sie sieht Ewa nicht an, kratzt an einem imaginären Fleck auf ihren Jeans. Ihr Vater lächelt Ewa über ihren Kopf hinweg zu und fährt los.

Ewa überlegt, wie alt er sein könnte: *wie Marek*. Kinder im Teenageralter, also höchstwahrscheinlich in den Vierzigern. Denkt daran, dass sie bald einen Teenagersohn haben und dann in den Dreißigern sein wird. Sie fahren schweigend – der Motor ist zu laut, als dass man sich unterhalten könnte –, und Ewa sieht die Dörfer vorbeiziehen, das Mädchen neben ihr Fingernägel kauen. Die Familie betreibt seit Napoleons Niederlage in dieser Gegend Landwirtschaft. Als Marek Ewa davon erzählt hat, kam es ihr vor wie eine Ewigkeit, aber jetzt denkt sie, wie schnell die Generationen aufeinander folgen, wie kurz ihre Zeit ist. Ihr eigener Großvater, so hat sie gehört, hat im Ersten Weltkrieg gegen die Deutschen gekämpft. Piotrs Vater wurde vor dem Zweiten Weltkrieg geboren; er hat ihr Partisanengeschichten aus seiner Kindheit erzählt, Geschichten von heldenhaften Aufständen gegen die Nazis, nachts, als Jacek noch ein Baby war und sie ständig wach hielt. Sie erinnert sich auch an die Geschichten ihrer Mutter, deren Familie nach Schlesien umgesiedelt wurde. Nach dem Krieg: Befehl von Stalin. Das Haus, das man ihnen zuwies, hatte einer deutschen Familie gehört, wie so viele andere in der Stadt. Die Deutschen flohen, zu Pferde und zu Fuß, in Zorn und Tränen, zogen westwärts, wie sie selbst wenige Wochen zuvor. Auch sie habe geweint, sagte ihre Mutter, als sie ihre alte Heimat im Osten verließen und die breiten Fluten des Bug überquerten. Doch dann verliebte sie sich in die weite, fremde Landschaft, und ihre Tränen versiegten schnell.

Der Bauer fährt ruhig, die Straße wird breiter, andere Autos überholen sie. Ewa fragt sich, ob Marek seinen Söhnen von Streiks und Solidarität und dem Leben im Untergrund erzählt oder ob er es lieber nicht tut. Sie sind jetzt nicht mehr auf dem Land, aber auch noch nicht in der Stadt. Überall an der Straße Einkaufszentren, Parkplätze. Geschäfte, in denen es Holz, Möbel, Videorekorder und Gartengeräte zu kaufen gibt. Vielleicht hat auch der Bauer seiner Tochter Geschichten zu erzählen: vom Land ihres Großvaters, der Kollektivierung, dem Geist von 1989 oder davon, wie es hier vor den Großmärkten und Selbstbedienungsläden ausgesehen hat. Sie selbst hat immer gern von der Vergangenheit gehört, fragt sich, ob es dem Mädchen neben ihr ebenso geht, ob sie überhaupt Bäuerin werden will oder lieber Tankwartin oder Zahntechnikerin.

Ewa erzählt Jacek keine Geschichten. Macht sich klar, dass sie es nie versucht hat, und jetzt, da sie darüber nachdenkt, weiß sie auch gar nicht, was sie zu sagen hätte. *Wir wollten, dass sich die Dinge ändern, und dann haben sie sich geändert*. Viel mehr fällt ihr nicht ein. Sie sagt

– *Ich konnte den Russischunterricht nicht leiden. Deutsch und Englisch kann man viel besser gebrauchen.*

Eine ziemlich unvermittelte Äußerung nach so langem Schweigen, und Ewa sieht im Seitenspiegel, dass sie errötet.

Der Bauer setzt sie an einer U-Bahnstation ab und sie rattert die dunkelblaue Linie entlang, bis sie auf die grüne umsteigen und in Piotrs Gegend fahren kann. Die Strecke führt auf Hochbahngleisen über den Verkehr hinweg, auf gleicher Höhe mit den Fenstern der Wohnungen an der breiten Straße. Blumen und Fahrräder auf den Balkonen, Graffiti, abblätternde Farbe. Eine ruhige Automatenstimme kündigt die Stationen an: Ewa steigt eine zu früh aus und geht zu Fuß weiter. Dunkelhaarige, dunkeläugige Kinder spielen auf den Straßen, Frauen stehen in Grüppchen beieinander, lachen, tragen Kopftücher und lange Mäntel.

Ewa versteht nicht, was sie sagen, aber es klingt nicht deutsch. Arabisch, Türkisch vielleicht: In den Auslagen sind Halbmonde und Sterne, rote türkische Fahnen.

Ewa findet ein Café, bestellt, indem sie auf eine der großen Tassen Milchkaffe deutet, die am Nebentisch getrunken werden. Nachdem die Bedienung gegangen ist, fragt sie sich besorgt, was der Kaffee kosten wird, nimmt eine Speisekarte, versucht sie zu lesen. Glaubt das Wort zu erkennen und fürchtet, einen Großteil des Geldes, das sie bei sich hat, ausgeben zu müssen, ist sich aber nicht sicher. Fragt sich, wie Piotr zurechtgekommen ist, ob er inzwischen Deutsch spricht, wie schnell er es gelernt hat. Das letzte Mal, als sie hier war, brauchte sie mit niemandem zu reden. Als Adela in Krakau war, hatte sie einen Freund, der jetzt hier auf einer Baustelle arbeitet. Sie sagt, er sei seit zwei Jahren in Berlin, könne aber kein Wort Deutsch: brauche es nicht, sie blieben unter sich, die Scharen legal-illegaler Polen, die die alte-neue Hauptstadt umbauen.

Das ist Westberlin, denkt Ewa, und dass es nicht viel anders aussieht als die Gegend, in der sie letztes Mal war. Aber sie weiß von Paula, dass hier all die Hippies und Ausländer leben. Fahr in die Vororte raus, hat Paula gesagt, Häuser mit Doppelgaragen ohne Ende, das ist das eigentliche Westberlin. Ewa faltet ihren Stadtplan auf dem Tisch auseinander, findet die Straße, in der sie sich befindet, die, in der sie vor zwei Wochen war; der Fluss muss irgendwo hinter den Häusern links von ihr sein. Einiges kennt sie schon, das Geräusch der gelben Bahnen, den warmen Feuchtigkeits- und Brotgeruch in den U-Bahnhöfen. Die hohen Wohnblocks, das holprige Straßenpflaster, kleine Kinder in Kindersitzen vorn auf den Fahrrädern ihrer Eltern. Sie kann verstehen, dass es den Leuten hier gefällt, dass Piotr bleiben will, aber von all dem hat er vorher nichts gewusst, es erklärt also nicht, weshalb er hierher gekommen ist.

Vier Namen auf dem Klingelschild, keiner davon Piotrs, keiner auch nur polnisch. Aber es ist der zweite Stock, wie von Marta beschrieben, die Tür rechts, wenn man die Treppe heraufkommt. Ewa klingelt und fragt sich, ob Marta ihn vorgewarnt hat. Deine Frau war hier. Du hast gar nicht gesagt, dass du ein Kind hast.

Nach dem Klingeln herrscht Stille, und Ewa gerät einen Moment lang in Panik. Doch dann nähern sich Schritte, und es bleibt keine Zeit mehr für Angst oder Zweifel. Die Tür ist offen, und da ist ein Gesicht, vertraut und fremd zugleich.

– *Hallo.*

– Ewa.

– *Hallo.*

Ein bisschen dicker, dieses Gesicht, weicher, die Haare etwas länger. Ewas Hals schmerzt. Piotr wirkt müde. Er trägt Jeans, ein T-Shirt und Schlappen, und seine Hände sind nass, voll Schaum.

– *Kann ich reinkommen?*

Ewa lächelt, ihr Mund, ihr Hals, ihre Brust tun weh. Piotr sagt nichts, rührt sich nicht, und Ewa ist sich bewusst, wie ruhig sie erscheinen muss, als sie an ihm vorbei in die Diele tritt, in der ein Staubsauger angeschlossen ist, das Rohr auf dem Boden daneben. Die Küchentür steht offen, und sie sieht einen hohen Tellerstapel, Spülwasser in der Spüle und darüber eine Uhr, die zehn nach drei zeigt. Sie versucht zu schlucken, den Schmerz etwas weiter hinunter zu schieben. Dort unten scheint unendlich viel Raum dafür zu sein. Sie kommt sich vor, als würde sie ein wenig schweben, als sie so in der Diele steht. Das liegt an der Fahrt in dem lauten Transporter, denkt sie, oder man fühlt sich eben so hohl, wenn man seinen Mann nach so langer Zeit wiedersieht.

Er ist unrasiert. Die Bartstoppeln an seinem Kinn sind dunkler als sein Haar, mehr rot als blond und kräftiger, als sie es in Erinnerung hat. Als er ging, war er gerade dreiundzwanzig geworden. Seltsam, dass sein Körper sich verändert hat, dicker geworden, gealtert ist, obwohl er noch so jung ist. Ihre eigene Haarfarbe hat im Lauf der Jahre viele Male gewechselt, dank Dorota, doch Ewa meint, einiges an ihr muss anders geworden, muss neu sein und vielleicht sieht Piotr es. Sie dreht sich um, schaut ihn prüfend an, und er betrachtet sie. Sie blinzelt.

– Hast du meine Briefe bekommen?

Wieder dieser Schmerz, dieses Gefühl der Leere.

– Ich habe drei Briefe von deinem Anwalt bekommen. Die Papiere.

– Hast du sie dabei?

– Nein.

Die Wohnung ist groß. Ewa zählt vier Zimmer, die von

der geräumigen Diele abgehen, an deren Ende ein Flur um die Ecke biegt. Piotr sieht ihren Blick.

– Ich bin allein zu Hause. Die anderen arbeiten.

Ewa wartet, aber er sagt nicht, wer die anderen sind. Freunde, Mitbewohner, Geliebte.

– *Du machst sauber.*

– Ich bin dran. Möchtest du einen Kaffee?

Als sie jünger waren, verbrachten sie den Sommer am Fluss. Jedes Jahr, von Mai bis September. Das letzte Mal, nachdem Jacek zur Welt gekommen war; Piotr kam abends nach der Arbeit nach. Angeregte Gespräche mit Freunden am Ufer, die Wahlergebnisse wurden diskutiert und in der Spätsommersonne gefeiert. Zigaretten und trocken-saurer bulgarischer Rotwein; Sichtreibenlassen auf dem langsam fließenden Wasser, in aufgepumpten alten Traktorschläuchen, durch den kühlen Abend; sie und Piotr nebeneinander, Füße und Hände im Wasser; Jacek, ihr großes Baby, quer auf ihren Bäuchen.

Daran denkt Ewa jetzt, in Piotrs Berliner Küche. Denkt, dass sie damals zum letzten Mal wirklich zusammen waren. Dass zum letzten Mal alles möglich schien: Die Mauer, die diese Stadt teilte, war noch nicht gefallen, aber in ihrem Land waren die Dinge schon in Bewegung.

Zwei Jahre später war er fort. Ging es ihm einfach nicht schnell genug?

Piotr steht auf, als er den Schlüssel im Schloss hört, Hände vor sich in der Luft, Blick in die Diele gerichtet, und Ewa muss den Impuls unterdrücken, ebenfalls aufzustehen, als sie eine deutsche Stimme hört.

– Hallo, ich bin's! Piotr?

– Hier bin ich.

Er ist an der Küchentür, noch ehe die Frau in der Diele seinen Namen gerufen hat. Sie tritt ins Blickfeld, streckt ihm zur Begrüßung die Hand hin, und jetzt steht Ewa auch auf. Die Frau ist etwas größer als Piotr, lange dunkle Haare, offen, hinter die Ohren geschoben. Sie hat ein breites, klares Gesicht, lächelt, versucht weiterzulächeln, als Piotr sie einander vorstellt.

– Nicole, Ewa, Nicole.

Keine Erklärungen. Ewa erwidert das Lächeln der Deutschen, aber keiner schafft es, das eingetretene Schweigen zu brechen. Ewa nimmt den Geruch des Kaffees wahr, der auf dem Herd kocht, des Spülwassers; den kühlen Geruch des Nachmittags draußen, den die Deutsche mit hereingebracht hat. Die Frau bittet Piotr in die Diele hinaus.

Ihre Stimmen bleiben leise und ruhig, das Gespräch ist kurz. Ewa versteht nicht, was sie sagen, aber sie sieht, wie Röte den Hals der Deutschen überzieht. Knallrot. Wie sie sie mit der Hand bedeckt. *Nicole.*

Sie schaut Piotr nicht an, als er seine Jacke anzieht, wendet sich ab und geht durch die Diele in eines der Zimmer. Ewa steht noch immer in der Küche, sieht Nicole verschwinden, hört die Tür zugehen. Piotr fasst sie am Ellenbogen, und dann sind sie im Treppenhaus und unten an der Haustür. Er schaut geradeaus, geht schnell, überquert eine Straße und dann noch eine. Ewa muss laufen, um mit ihm Schritt zu halten.

– *Wohin gehen wir?*

Er antwortet nicht gleich.

– Ich weiß nicht.

Er verlangsamt seinen Schritt. Sie kommen an eine Ecke, eine Kreuzung mit der breiten Straße, auf der die Autos links und rechts der Hochbahn fahren. Sie gehen langsamer, folgen den Gleisen, die Sonne im Rücken. Spätnachmittag, kühl, aber klar; vor den Läden werden die Auberginen- und Apfelkisten weggeräumt, Leute sitzen im Mantel in den Straßencafés, das Gesicht den letzten Sonnenstrahlen zugewandt.

Piotr beginnt zu erklären. Er will eine Ausbildung machen; er wird Geld sparen müssen, meint aber, das könnte hier gehen. Fahrradklingeln scheuchen sie auf die andere Seite des Bürgersteigs, und sie gehen eine Zeit lang hintereinander. Piotr voraus, Ewa spürt die Pflastersteine unter ihren Füßen, die dünne, helle Sandschicht, genau wie sie es sich vorgestellt hat. Der Bürgersteig wird wieder breiter, und Piotr wartet, bis sie neben ihm ist.

– *Und was willst du werden?*

– Krankenpfleger. Für alte Leute wahrscheinlich. Ich bin mir noch nicht ganz sicher.

Er scheint verlegen, Ewa weiß nicht, warum. Vielleicht weil sie überrascht ist.

– Ich hab das mal gemacht, und ganz gut, glaube ich. So habe ich Nicole kennen gelernt. Ich habe für ihre Familie gearbeitet, ihren Großvater gepflegt, bis er gestorben ist.

Piotr runzelt die Stirn, und Ewa merkt, dass sie ihn anstarrt. Sie senkt den Blick.

– Entschuldige.

Krankenpfleger. Das hätte sie nicht erwartet, aber es ist eine gute Idee, vernünftig. Zu Hause hat er in der Fabrik gearbeitet, wie so viele andere, bis sie geschlossen wurde. Ewa war nie auf die Idee gekommen, ihn zu fragen, was er eigentlich wollte. Mit ihr zusammen sein, davon war sie ausgegangen. Und mit Jacek.

– Und was machst du jetzt?

Er weicht ihrem Blick aus.

– Arbeitest du nicht?

– Ich hab gearbeitet. Aber Nicole. Es ist illegal, und sie will nicht, dass ich erwischt und zurückgeschickt werde.

– Dann hält sie dich also aus.

– Nur im Moment.

Ewa schweigt. Vor allen Restaurants, an denen sie vorbeikommen, hängen dicht beschriebene Tafeln. Spargel, Spargel. Mit Kartoffeln und Butter. In Schinken eingerollt. Deutscher Spargel mit italienischem Schinken. Manchmal steht sogar der Name des Dorfes dabei, des Hofes, auf dem sie arbeitet.

– Sie ist Lehrerin.

Ist hier aufgewachsen, sagt er, im Ostteil der Stadt, arbeitet an einer Grundschule in einem der westlichen Vororte.

– Essen wir was. Du kannst mich einladen.

Ewa wundert sich über sich selbst, ihren Ton, aber Piotr protestiert nicht, sucht ihnen einen Tisch auf dem breiten

Bürgersteig, unter den Bäumen. Es ist viel los, der Ober beachtet sie nicht, und Piotr steht auf, um die Speisekarte zu holen. Ewa sieht sich um. Die dicht belaubten Äste über ihr, der betäubende Geruch der grünlichen Blüten. Die Hochbahn verläuft hinter ihnen, und Ewa fängt gelbe Blitze auf: Farbreflexe, als die Bahn vorbeifährt. Sie schaut zu, wie sich die Wagen neigen und langsamer werden, wo die Gleise der Straßenbiegung folgen. Sie weiß nicht, was sie Piotr sagen soll, und denkt einen Moment lang daran zu gehen, in die Hochbahn zu steigen, die Stadt zu verlassen. Doch da kommt Piotr zurück, mit zwei Flaschen Bier von drinnen und einer Speisekarte. Er fängt an, für Ewa zu übersetzen.

– *Lass nur, ich weiß schon, was ich nehme. Spargel.*

– Ja?

– *Ich bin seit Wochen am Spargelstechen, jetzt möchte ich mal welchen essen.*

– Die machen ihn gut hier. Am besten isst man ihn mit Kartoffeln, traditionell.

– *Kommst du oft hierher?*

– Manchmal.

Sie denkt an sein bescheidenes Leben, seine schüchterne Freundin. Ausbildung, ein gerader Berufsweg, eine passable Wohnung, ab und zu essen in einem Restaurant mittlerer Preisklasse. Nicht viel anders, so scheint es, als das Leben in Krakau, Danzig, Breslau; nicht viel anders auch als das Leben, das sie sich wünscht, nur dass er seines ohne sie sieht. *Es ist besser geworden zu Hause, seit du uns verlassen hast*. Sie möchte aufbegehren, aber so vieles an ihm ist anders als früher, so vieles unerwartet, dass sich ihr Protest verflüchtigt, noch ehe sie ihn ausgesprochen hat. Wie ihr Land, denkt sie: Es strengt sich an und kommt irgendwie doch nicht hinterher. *Ob er es so sieht?* Sie will nicht weinen, kann nicht einmal wütend werden. Denkt, vielleicht kommt das alles später, und die Vorstellung macht ihr ein wenig Angst.

– Und Jacek geht's gut?

Ewa glaubt die Antwort, die er sich wünscht, aus der Frage herauszuhören.

– Ja.

Sie wartet, aber Piotr scheint keine weiteren Fragen zu seinem Sohn zu haben, und so redet sie, um das Schweigen, um ihre Enttäuschung zu überspielen.

– Er ist gut in der Schule. Tut nicht genug, ist aber intelligent. Ein bisschen wild manchmal, aber das gefällt mir. Ich hab kein Foto dabei. Tut mir Leid.

– Schon gut.

Piotr trinkt von seinem Bier, sieht sie über den Tisch hinweg an.

– Ich werde dir Geld für ihn schicken, Ewa. Sobald ich etwas verdiene.

Er hält ihrem Blick stand, das Versprechen ist ehrlich gemeint, die Situation aber peinlich. Ewa nimmt ihr Bierglas und trinkt ebenfalls. Der Schmerz in ihrem Hals ist wieder da, und sie will ihn hinunterschlucken. Sie braucht das Geld natürlich, aber es kommt ihr vor wie zweite Wahl, eine Demütigung. Deswegen ist sie nicht gekommen.

Sie sagt nichts, kann nur daran denken, wie Dorota reagieren wird, wenn sie ihr davon erzählt: mit der sarkastischen Forderung wahrscheinlich, Piotr solle es ihr schriftlich geben. Und dann kommt das Essen und damit ein kleiner Aufschub; sie kann sich eine Antwort überlegen, während der Ober die Teller vor sie hinstellt. *Sei pragmatisch, wie Dorota.* Ewa rechnet: Das Essen kostet ungefähr so viel wie eine Wochenmiete, und wenn Piotr ihnen jeden Monat diese Summe schickt, können sie und Jacek umziehen, und sie muss nicht mehr in der Küche schlafen. Doch dann sagt der Ober, seine Schicht sei zu Ende und ob sie bitte gleich zahlen könnten, und Piotr kramt in seinen Taschen und braucht so lange, bis er das Geld beisammen hat, dass Ewa ihre pragmatischen Pläne wieder fallen lässt. Schiebt stattdessen die langen weißen Stangen auf ihrem Teller zurecht, nimmt die Gabel und zerdrückt eine Kartoffel. Sie sieht Piotr nicht an. Macht keine Anstalten, in ihren eigenen Taschen nachzusehen, weiß, dass sie gerade noch genug für die Rückfahrt hat, geliehenes Geld. Sie wird Dorota nichts erzählen, sagt sich, *macht nichts, macht nichts, macht nichts*. Sie haben es auch bisher ohne ihn geschafft, dann muss es eben so weitergehen.

Sie denkt an Feliksa, fragt sich, ob sie je an Mareks Rückkehr gezweifelt und wie sie sich dabei gefühlt hat. Fragt sich, wie sie selbst sich fühlen wird, wenn sie wieder in Polen ist und weiß, dass Piotr nicht zurückkommt. Jetzt schmeckt sie erst einmal die weichen Spargelfasern, die Salzbutter, die mehligen Kartoffeln.

– *Willst du sie heiraten?*

Der Ober ist weg.

– Ja.

– *Wegen der Papiere?*

Er zuckt die Schultern. Über ihnen, hinter den Bäumen, kommt eine Bahn heran. Langsames, metallisches Rütteln und Ächzen, und Ewa muss lauter sprechen.

– *Ihr geht es nicht darum, oder?*

– Nein.

– *Und dir?*

Keine Worte, nur eine kleine Kopfbewegung.

Ewa hört zu, wie die Bahn über sie hinwegfährt, sich entfernt. Denkt, sie sollte froh sein: Er gibt sich alle Mühe, ihr nicht wehzutun. Seltsam: dass er nach all den Jahren und allem, was in dieser Zeit passiert ist, so rücksichtsvoll ist.

Nicole ist noch wach, als sie in die Wohnung zurückkommen. In der Diele brennt kein Licht, aber Ewa sieht, dass sie geweint hat.

– Möchtest du bleiben? Bitte bleib, das ist kein Problem.

Sie lernt Polnisch, sagt sie, spricht stockend, korrekt. Die Worte kommen langsam heraus, aber sie sind freundlich. Nicole holt Laken und Decken, schiebt die Sofapolster auf dem Boden zusammen, bringt ein Kissen aus ihrem und Piotrs Zimmer. Ewa steht wartend am Fenster, merkt erst, als das Bett gemacht ist, dass sie keine Hilfe angeboten hat.

– Ein T-Shirt? Irgendwas für die Nacht?

– *Es geht schon. Danke.*

Es ist ruhig in der Wohnung, die Vorhänge sind zurückgezogen. Ewa liegt auf dem Boden, sieht von Zeit zu Zeit Scheinwerfer über die Decke wandern. Als es hell wird, wäscht sie sich das Gesicht und legt die Decken zusammengefaltet auf das Sofa.

Es ist nicht weit zum Bahnhof, und sie geht zu Fuß, um sich das Warten und das Geld für den Bus zu sparen, und als sie dort ist, sucht sie sich eine Bank, liegt halb wach auf dem sauberen neuen Bahnsteig.

Veränderungen kommen, immer mehr, aber auch ihrer aller Leben geht weiter. Zu schnell, um zu warten. Bald wird Jacek erwachsen sein, und dann ist dieser ganze Teil ihres Lebens vorbei. Es sei denn, sie findet einen anderen Mann, bekommt ein zweites Kind, fängt mit einer ganz neuen Familie noch einmal von vorn an. Oder sie könnte eine Ausbildung machen, vielleicht mit Lila, vielleicht, wenn Piotr doch anfängt zu verdienen und ihnen Geld schickt. Oder sie redet mit ihrer Schwester. Ob sie bei ihr lernen und dann in ihrem Salon arbeiten kann. Weiß nicht, was Tadeusz dazu sagen würde, aber Dorota wollte es schon immer so.

Ewa döst. Weiß nicht, wie ihr all diese Pläne vorkommen werden, wenn sie wieder zu Hause ist. Will jetzt nicht daran denken. Eine Weile nicht an Piotr oder Nicole oder irgendetwas sonst denken.

Als der Kiosk aufmacht, zählt sie ihr Kleingeld ab, kauft Kaffee, eine Brezel. Der Bahnhof ist hoch und hell, Züge und Ansagen kommen jetzt häufiger. Fünf nach halb acht, und der nächste Zug geht erst nach neun. Auf dem Hof sind sie jetzt mit dem Frühstück fertig; am späten Vormittag wird sie wieder auf dem Feld sein. Noch zwei Wochen, höchstens drei, dann geht es nach Hause. Ewa will noch eine halbe Stunde warten und dann ein Telefon suchen.

Jacek wird um diese Zeit gerade aufgewacht sein, und sie freut sich darauf, noch den Rhythmus des Schlafes in seinem Atem, seine mürrische Morgenstimme zu hören.

DANK

Mein Dank gilt Toby Eady und seinen Kollegen und allen in Orme Court. Meinen Lektoren Ravi Michandani, Georg Reuchlein, Claudia Vidoni und vor allem Dan Frank. Ebenso den vielen, die mir beim Recherchieren und Schreiben geholfen haben: Willy Maley, Agnieszka Latakos, Siobhan Edwards, Paddy Lyons, Paul Welsh, Gretchen Seiffert, Hedi Röhl, Gertrud Waageman, Harald Heinrich in Beelitz, Dieter Tannenberger vom Dachverband der privaten Bauernverbände in Dittmannsdorf, Herrn Niehaus vom Landesarbeitsamt Berlin, Therry Thomas und seinen Bienen und dem britischen Imkerverband.

INHALT